I0575686

HAY RANAS EN EL ESPACIO
© 2025 **Esau Villa**
Todos los derechos reservados.

Primera edición – 2025
Publicado por **Publicaciones Esruel**
Brownsville, Texas, EE. UU.

INDICE

Los saltos al Azar

Desde hacía dos días, Arfaxad había decidido vivir en la zona más adinerada de Monterrey. No lo había hecho por presumir lujos ni por ambición social, sino porque buscaba calma, claro, eso hizo pensar a Arturo. Entre calles limpias y casas silenciosas, decía que tal vez allí podría hallar un poco de la paz que llevaba años persiguiendo.

En realidad, jamás se había sentido cómodo en ninguna parte desde que sus padres fallecieron. La tragedia llegó cuando aún era muy joven, y esa pérdida cambió todo. Desde entonces su vida se volvió un constante desorden, un camino de mudanzas, despedidas y proyectos inconclusos. Aquel vacío lo empujó a buscar en la distancia algo que no sabía nombrar.

Después de terminar su carrera en el instituto de arte más famoso de Londres, eligió marcharse de inmediato. El recuerdo de sus padres le pesaba en cada rincón de esa ciudad. Partió enojado, con la vida y con la humanidad entera, como si el mundo le hubiera robado demasiado pronto lo único que lo mantenía en pie.

Su primera parada fue Madrid. Allí aprendió a hablar castellano, con esfuerzo y muchas equivocaciones. No fue fácil; el idioma se le resistía como una puerta cerrada. Durante un tiempo aceptó ser instructor en una academia de arte, no porque necesitara el dinero, sino porque quería probar si podía transmitir algo de lo que llevaba dentro. Sin embargo, no duró mucho. Sentía que enseñar no era lo suyo, y menos aún en una lengua que aún no dominaba. Lo intentó, pero su espíritu inquieto le exigía más: necesitaba conocer, experimentar, seguir avanzando.

Con la herencia de sus padres decidió dar un nuevo salto, esta vez a París, la ciudad que desde niño había imaginado como la capital del arte. Allí encontró algo más cercano a sus sueños. Consiguió un lugar en una galería, y poco a poco le permitieron mostrar algunos de sus primeros lienzos. Al principio creyó que, por fin, estaba en el sitio correcto.

Pero su inconformidad apareció de nuevo. Cada trazo de sus pinceles le parecía insuficiente, cada técnica se deshacía bajo sus dudas. Aun así, resistió un tiempo, convencido de que París era demasiado valiosa para dejarla escapar. Sin embargo, la presión terminó por quebrarlo: en la galería le exigían concluir obras que había dejado a medias, y Arfaxad jamás lograba sentirse satisfecho con ellas.

París, que tanto había soñado, se volvió una prisión invisible. Lo que alguna vez fue entusiasmo se transformó en cansancio. Y así, con el corazón dividido entre la nostalgia y la esperanza, decidió que era momento de partir otra vez. El nuevo destino sería Nueva York.

Nueva York fue para Arfaxad una ciudad llamativa, sí, pero jamás acogedora. Allí no solo encontraba arte, también se topaba con lujos, modas, negocios y un movimiento constante que parecía no detenerse nunca. Todo eso podía resultar fascinante a los ojos de cualquiera, pero para él carecía de importancia. En el fondo, lo único que buscaba era un poco de paz, un momento de claridad, un propósito que le permitiera hacer clic en esta vida.

Pronto se convenció de que Nueva York no era para él. Tal vez lo arrastraba su propia historia: ser hijo único y adinerado siempre lo había puesto en ventaja, siempre había conseguido lo que deseaba sin mayores dificultades. Nunca le había faltado nada, y quizá por eso tampoco soportó las exigencias de París, ni mucho menos el ritmo de esta ciudad. Apenas habían transcurrido dos meses desde su llegada y ya estaba harto del bullicio, de las luces que nunca se apagaban, del ruido que parecía ahogar incluso sus pensamientos.

A pesar de eso, conoció a personas valiosas. Entre ellas, Arturo, un hombre que trabajaba en una galería de arte. Con el tiempo se hicieron amigos, y Arturo le hablaba constantemente de su tierra natal: México. Arfaxad jamás había considerado visitarlo, pero cada conversación lo convencía un poco más. Arturo le describía ciudades llenas de historia, pueblos coloridos y tradiciones vivas que hacían que su voz se iluminara al recordarlas. Finalmente, Arfaxad se dejó arrastrar por esas imágenes y decidió viajar, con la esperanza de que aquel lugar desconocido le ofreciera algo que aún no encontraba en ningún otro rincón del mundo.

Su primera experiencia fueron los pueblos mágicos de Guanajuato. Al llegar a San Miguel de Allende quedó maravillado: las construcciones coloniales, que le recordaban en parte a las que había admirado en Europa, lo sorprendieron con un encanto distinto, cargado de calidez y vida. Allí no solo encontró arquitectura hermosa, sino también un pueblo que amaba su tierra, una cultura que respiraba en cada esquina.

Arturo, entusiasmado, lo llevó después a Monterrey, su ciudad de origen. Desde el inicio, Arfaxad quedó atrapado por el contraste: una urbe moderna y bulliciosa que, al mismo tiempo, se abrazaba con la imponencia de las montañas. El clima era caluroso, incluso insoportable por momentos, pero nada de eso le restaba belleza al paisaje. Al contrario, aquel contraste entre lo urbano y lo natural le pareció único, como si hubiera encontrado un lugar que unía en un mismo cuadro lo que siempre había buscado.

Una tarde, Arturo lo invitó a tomar café en una zona reconocida por su exclusividad. El sabor no fue el mejor que Arfaxad había probado —recordaba con nostalgia los cafés de París—, pero nada de eso importó. Fue allí donde la vio.

Sentada tras el mostrador estaba una mujer de belleza tan serena como imponente. Su cabello negro caía como un manto sobre sus hombros, oscuro como la noche más cerrada. Sus ojos, color miel, brillaban dulces y profundos, capaces de atrapar cualquier pensamiento. El rostro, delicado como una obra tallada con cuidado, se iluminaba cada vez que sonreía, dejando ver unos dientes blancos como lana recién lavada. Para Arfaxad, ella era la mujer más hermosa que había visto en toda su vida.

No fue la ciudad, no fueron las montañas ni el contraste entre lo urbano y lo natural lo que lo hizo quedarse en Monterrey. Fue ella. Aquella joven que había visto en la cafetería lo conquistó con una sola mirada. Y por primera vez en mucho tiempo, Arfaxad sintió que tal vez había encontrado un motivo para detenerse.

Al día siguiente debía partir, continuar con su vida errante, pero ya no pudo. Decidió quedarse. No tenía nada que perder. Para él, dejar atrás ciudades, amistades y recuerdos nunca había sido difícil; siempre estaba en busca de sí mismo y de la inspiración que le permitiera hallar el arte que tanto anhelaba. Arturo se despidió de su amigo, sin sospechar que Arfaxad ya había visto un departamento cercano a aquel café. No sabía ni siquiera el nombre de la mujer, pero estaba convencido de que quizá lo que había buscado en tantas ciudades podía estar allí.

Dos días después de haberla visto por primera vez, Arfaxad tomó la decisión de hacer algo que jamás había hecho: acercarse a una mujer no por simple cortesía, sino con el deseo de conocerla. Para él no era fácil abrirse sentimentalmente. A los dieciseis años había perdido lo más importante de su vida y, desde entonces, se había vuelto distante, casi hermético. Aun así, estaba dispuesto a intentarlo.

—Hola… me… amm, ¿puedes darme un mocha frappé, por favor? —balbuceó en un español aún torpe y poco practicado.

Ella sonrió con amabilidad, como lo hacía con todos los clientes, sin mostrar un interés particular. Pero para Arfaxad fue suficiente. Aquella sonrisa, aunque común para ella, fue para él una puerta abierta, un destello que lo animaba a regresar.

Al día siguiente volvió al mismo café, con la esperanza de verla, pero no estaba allí. Se sintió decepcionado, casi ridículo, pidiendo una bebida que ni siquiera le gustaba solo por la posibilidad de cruzar otra vez sus ojos color miel. Aun así, no se rindió. Sabía que esa búsqueda apenas comenzaba.

Ese mismo día había asistido a una entrevista en un museo de prestigio, ubicado en una ciudad de la misma área metropolitana, conocida por su extravagancia y su vida cultural. Gracias a su formación en Londres y a su experiencia en galerías europeas, no dudaron en ofrecerle un puesto como curador de arte. Aceptó de inmediato. Allí encontró estabilidad profesional, un lugar donde podía continuar con sus obras mientras organizaba exposiciones de gran nivel.

Monterrey se había convertido, sin proponérselo, en el escenario de una nueva etapa. Y, aunque lo sabía apenas en el fondo de su corazón, ya no era por la ciudad ni por el trabajo. Era por ella.

Cada mañana, sin falta, Arfaxad pasaba por el mismo café antes de ir al trabajo. Allí la veía constantemente, y aunque cruzaba apenas unas cuantas palabras con ella, su corazón se agitaba en silencio. Su español había mejorado bastante, ya no era un impedimento; lo que lo detenía era el miedo al rechazo. Ese temor lo amarraba y no le permitía extenderse más allá de un saludo cortés. Su conversación se limitaba siempre a lo mismo: pedir su mocha frappé y sentarse en la misma mesa a contemplarla unos instantes.

Una de esas mañanas, fingía leer un libro que en realidad le resultaba aburrido. Estaba a punto de cerrarlo para siempre cuando, para su sorpresa, ella se acercó.

—Ese libro significó tanto en mi vida… —dijo con voz cálida—. Me ayudó a comprender algunas cosas y a cambiar mi perspectiva de cómo son las cosas.

Arfaxad la miró con desconcierto. Apenas pudo responder:

—Claro… este es uno de mis favoritos —contestó, tímido, sintiendo cómo su corazón golpeaba contra el pecho.

Ella sonrió con naturalidad, pero esa vez había algo distinto en su mirada, un brillo que reflejaba interés.

—Hace tiempo que vienes aquí. Te he visto sentarte en esta misma mesa todos los días, desde hace tres meses. ¿De verdad te gusta tanto nuestro café?

Él sonrió nervioso y, tratando de ocultar una mentira evidente, respondió:

—Claro… tienen uno de los mejores cafés que he probado en el mundo.

Ella rió suavemente, como si hubiera descubierto el disfraz en sus palabras. Mientras limpiaba la mesa contigua, preguntó con curiosidad:

—Sé que no eres de aquí. ¿De dónde vienes?

—Soy de Londres… bueno, crecí allí. Mis padres trabajaban en esa ciudad y me crié en sus calles. ¿Y tú? ¿Eres de Monterrey? —preguntó él, cerrando el libro para mirarla con plena atención.

—No, nací en Matamoros, una ciudad cercana, aunque de otro estado. Mis papás llegaron a Monterrey cuando yo era niña, y ahora estoy por terminar la carrera en Administración Empresarial. Trabajo en las mañanas y estudio en las tardes —explicó ella con natural sencillez.

Arfaxad aprovechó para compartir un poco de sí mismo:

—Yo soy curador de arte en un museo cercano. Disfruto mucho mi trabajo… y también este país. Me gusta la manera en que la gente me recibe, cómo me han acogido en esta ciudad.

—Qué bueno que te sientas así —respondió con una sonrisa ligera—. Bueno, debo seguir atendiendo a los clientes. Que tengas un buen día.

—Buen día… —alcanzó a decir él, sin poder apartar la mirada.

Cuando ella se alejó, Arfaxad sintió que flotaba. Había sido una conversación breve, superficial si se quería, pero para él era un triunfo. Había sabido de dónde venía, qué estudiaba, cuáles eran sus sueños inmediatos. Sin embargo, en medio de esa alegría un pensamiento lo golpeó con fuerza.

—¡Su nombre! —murmuró en un reproche contra sí mismo—. Soy un tonto… ni siquiera le pregunté su nombre.

Se rió solo, incrédulo de su descuido. La mujer por la que había decidido quedarse en Monterrey había cruzado por fin unas palabras con él… y aun así, no había preguntado lo más básico, desaprovechando una oportunidad como esa.

Ella sabía que él no iba a ese café por el sabor de la bebida. Había notado la manera en que la miraba, como queriendo disimular un interés que le resultaba evidente. Y aunque para cualquier otra mujer esa insistencia silenciosa podría haber sido molesta, para Lea no lo era. Al contrario, la idea de conocerlo le resultaba intrigante. Sin embargo, no estaba dispuesta a dar el primer paso.

Pasaban los días y Arfaxad no hacía más que pedir el mismo café, sentarse en la misma mesa y ocultarse tras un libro. Ni siquiera se animaba a saludarla con algo más que lo mínimo. Fue entonces cuando ella decidió hablarle. Mientras trabajaba, le ofreció unas palabras casuales, como si la conversación hubiera nacido de la nada. Notó al instante su nerviosismo, la torpeza de sus respuestas, pero también la sinceridad de su interés. Eso la hizo sonreír, aunque prefirió no presionarlo. No quería hostigarlo ni hacer que se sintiera abrumado.

Lea tenía un plan detallado para su vida, y no iba a dejar que nada la desviara. En apenas una semana tendría una entrevista en una de las empresas más importantes de la ciudad. Quería empezar a trabajar como pasante y continuar con sus estudios de Administración. Sus metas estaban claras, y no pensaba permitir que alguien interfiriera en ese propósito. Aun así, no podía negar que aquel extranjero misterioso se había convertido en un detalle inesperado en su rutina.

El nombre de Arfaxad ya lo conocía. Era extraño, casi impronunciable, y nunca antes lo había escuchado. Lo recordaba desde la primera vez que lo vio acompañado de Arturo, cuando entraron juntos al café. Escuchó claramente cómo su amigo lo había llamado, y desde entonces lo guardó en su memoria. Arfaxad, en cambio, no conocía el de ella: Lea no usaba gafete con su nombre, y nunca había tenido la ocasión de revelárselo.

No solo le parecía interesante su nombre. También le cautivaba su manera de hablar, un poco torpe, como si cada palabra tropezara antes de salir. Le divertía la forma en que intentaba negar con su actitud que la miraba, cuando en realidad era evidente. Sus rasgos de medio oriente, su barba bien cuidada, sus ojos café intenso y su vestir elegante lo

11

hacían distinto a cualquiera que hubiera conocido. Cada vez que lo veía, su corazón se aceleraba, aunque tratara de ocultarlo.

Por eso esperó. No quería ser la primera en dar un paso. Aunque intuía que le gustaba, deseaba que él se acercara. Y cuando notó su timidez, decidió hablarle como si fuera algo sin importancia, aun cuando por dentro cada palabra la estremecía. No quiso abrumarlo; entendió que necesitaba darle espacio.

Durante algunos días dejó de verlo. Por su trabajo, él no volvió al café, y ella lo notó de inmediato. Se descubrió extrañando su presencia más de lo que hubiera querido admitir.

Pasada una semana, volvió. Esa tarde entró decidido, y aunque intentó disimular, Lea reconoció la tensión en sus ojos.

—Hola, ¿cómo has estado? —dijo él, con una voz suave, intentando sonar natural.

—Muy buenas tardes, señor. ¿Le puedo ayudar en algo? —contestó Lea, disimulando el gusto que le daba verlo nuevamente.

—Sí, por favor… lo mismo de siempre… —Arfaxad sonrió con timidez, como esperando que ella completara la frase.

—Lea. —dijo ella al fin, revelando su nombre.

—Qué bonito nombre… Lea —repitió él, con torpeza. Su voz lo traicionaba, pero estaba dispuesto a ir más allá.

12

—Mi nombre es Arfaxad.

—Lo sé. Ya no te había visto por aquí —respondió Lea, soltando su primera muestra de interés, casi como un guiño disfrazado de conversación casual.

—Por trabajo tuve que ausentarme… pero me gustaría… —su voz se quebró, dudando.

—¿Sí? —lo animó ella con un gesto, inclinándose apenas hacia él.

—Quisiera saber si tú… pudieras… perdón, no sé cómo decirlo, estoy muy nervioso… —confesó él, con las manos húmedas y el rostro sonrojado. Nunca había estado en esa situación. Ella, sin proponérselo, lo había llevado a imaginar que quizá su vida podía cambiar, que la soledad que lo perseguía podía llegar a su fin. Siempre había sido un hombre despreocupado hasta la indiferencia, pero con ella todo era distinto.

—No te preocupes, sé lo que quieres decir. A mí también me gustaría salir contigo… —Su sonrisa coqueta desarmó en un instante el nerviosismo de Arfaxad, que con cada palabra quedaba más atrapado en sus ojos color miel.

-Ahorita no puedo hablar mucho pero que te parece si te veo en la salida y platicamos- le dijo el ya con una voz mas firme pero alegre, emocionado, con una mirada que inmediatamente cambio a esperanza, para el su mundo había dado un giro, y era para bien, había encontrado en esa inponente ciudad de Monterrey, lo que en muchos lugares estuvo buscando.

En el museo lo esperaba una jornada exigente. Debía montar una nueva exposición con rapidez, pues un evento especial traería a coleccionistas y figuras influyentes de la ciudad. Al principio todo parecía marchar sin complicaciones, hasta que notaron que varias de las piezas habían llegado dañadas durante el traslado.

Un lienzo mostraba una fina rasgadura en diagonal, tan discreta que a simple vista podía pasar desapercibida, pero lo bastante peligrosa como para correr el riesgo de que la tela cediera con el tiempo. Otro cuadro, enmarcado en una moldura de madera del siglo XIX, había sufrido golpes en las esquinas; las tallas, que antes parecían delicadas, ahora lucían fragmentadas. Y en un óleo con varios años de antigüedad se apreciaban grietas en el barniz, ese craquelado inevitable que en otras circunstancias habría aportado carácter, pero que en ese estado solo apagaba los colores.

Los presentes se miraban entre sí con inquietud. Una exposición de ese nivel debía presentarse perfecta, sin grietas ni astillas que pudieran arruinar el prestigio del museo. Para Arfaxad, sin embargo, aquello no era más que un obstáculo menor. Nada debía interponerse en el rumbo de su día.

Con calma y decisión tomó el control. Indicó que reforzaran la tela con un lienzo auxiliar, ordenó que se rellenaran las fracturas del marco con un estuco ligero y pidió que aplicaran una pátina que devolviera uniformidad al conjunto. En el caso del óleo, solicitó una limpieza superficial que eliminara el polvo acumulado y un nuevo barniz que devolviera el brillo a los colores. Finalmente, supervisó los ajustes de iluminación: la luz cenital debía caer en el ángulo exacto, resaltando las texturas y ocultando lo que no debía ser visto.

Cuando todo estuvo listo, respiró con satisfacción. La exposición podía presentarse sin temor a críticas y la tensión se disipó entre sus compañeros.

Perfecto, pensó. Nada podía interponerse entre él y Lea. Estaba convencido de que lo mejor aún estaba por llegar.

Terminada la jornada, salió del museo con paso ligero. En su mente ensayaba lo que quería decirle: frases torpes, sonrisas nerviosas, imaginando cómo ella respondería con la dulzura que tanto lo desarmaba. Como cualquier hombre enamorado, ya se veía a su lado, caminando juntos, compartiendo conversaciones sencillas y al mismo tiempo profundas. Su corazón latía con fuerza, seguro de que la noche culminaría en un momento sublime.

Ella lo estaba esperando en la cafetería. Aún conversaba con sus compañeros de trabajo cuando él apareció en la puerta.

—Hola… ¿quieres ir a tomar un caf…? —Arfaxad titubeó, se interrumpió a sí mismo y sonrió con torpeza—. Perdona, obvio no querrás eso, ¿cierto?

—Si quieres vamos a comer —contestó Lea, burlándose con dulzura de la ironía de su comentario—. Hay una taquería muy cerca de aquí. Créeme, después de tantas horas aquí, lo último que quiero es café.

Aceptó de inmediato. Llegaron al lugar que ella le recomendó y, entre risas, pasaron horas conversando. Se contaron sus intereses, sus sueños, sus logros. Y aunque a Arfaxad no le gustaba hablar demasiado de sí mismo, con Lea todo era distinto: hablar con ella le daba tranquilidad, una paz que no había sentido desde la muerte de sus padres.

En su compañía parecía sonar aquella vida placentera y hermosa que alguna vez vio en ellos, corta pero llena de amor mutuo.

—¿Y tu familia? —preguntó Lea con voz suave.

Todo quedó en silencio.

—Soy hijo único. Mis padres me tuvieron cuando ambos tenían treinta años. Se casaron muy jóvenes y durante mucho tiempo no pudieron tener hijos… hasta que mi madre se dio cuenta que estaba embarazada. Tuve una infancia hermosa, llena de amor y comodidades —hizo una pausa, tragó saliva—. No me puedo quejar. Pero ahora cambiaría todo con tal de que ellos estuvieran aquí.

Mientras hablaba, sus ojos comenzaron a humedecerse. Lea lo notó y, sin dudarlo, tomó su mano, invitándolo a continuar.

—Ellos murieron cuando yo tenía dieciséis años. Fue muy difícil seguir sin ellos. Los dos iban en la carretera cuando un conductor ebrio los obligó a salirse del camino. La policía dijo que murieron al instante… aunque yo juraría que alcancé a hablar con ellos. Mis tíos dicen que ni siquiera estuve en el lugar del accidente. Todavía los sueño, los veo conmigo cada noche.

Se hizo una pausa larga. Lea respiró hondo, soltando un suspiro profundo antes de hablar.

—No sé lo que sientes —dijo con voz compasiva y tierna—. Nunca he perdido a mis padres, pero puedo imaginar el dolor. Solo quiero que sepas que puedes contar conmigo para lo que sea. Cuando te sientas solo, triste, o incluso alegre, lo que quisieras contarles a ellos puedes contármelo a mí. No seré como ellos, pero en mí tendrás a alguien en quien confiar.

Arfaxad sonrió, limpiándose las lágrimas con la manga.

—Disculpa, no era mi intención arruinar tu noche.

—No, nunca lo harías. Me interesa tu vida… y me interesa ayudarte. —Sus palabras fueron firmes y dulces, mientras volvía a tomarle la mano con una seriedad tierna.

—Bueno, mejor te cuento de mis viajes. —Arfaxad intentó cambiar el rumbo de la conversación, devolviéndole un tono alegre.

Al salir de la taquería caminaron juntos hasta la parada del autobús. Él le hablaba de la universidad, de sus trabajos en distintos países, de las ciudades en las que había vivido y de cómo en ninguna había logrado sanar del todo el vacío que cargaba.

—Aquí espero el autobús —dijo Lea, deteniéndose.

—¿Vives muy lejos?

—Sí, a las afueras de Monterrey. Y ya es bastante tarde… no debería estar viajando a esta hora. Por donde vivo puede ser un poco peligroso. —Sus palabras le dieron un golpe de realidad a Arfaxad. Ella no era como la gente con la que él había crecido, rodeado de lujos. Lea venía de un mundo más austero, de esfuerzo diario.

—No te preocupes. Si quieres llamo un auto que te lleve hasta tu casa —dijo él, preocupado.

Ella insistió en que no era necesario, pero esta vez no logró convencerlo. Arfaxad ya había tomado el teléfono y, sin darle opción, pidió un auto privado para asegurarse de que llegara con bien a casa.

Mientras el auto avanzaba rumbo a su casa, Lea no podía contener la emoción. Miraba por la ventana como si todo en la ciudad hubiera cambiado de color; las luces de las calles parecían brillar distinto, los edificios se volvían más cercanos y hasta el bullicio nocturno parecía acompañar la sonrisa que no podía borrar de su rostro.

Apenas conocía a Arfaxad, y sin embargo, en lo profundo de su ingenuidad, estaba convencida de que tal vez él era el hombre que había esperado toda su vida. Se decía a sí misma que quizá ella sería la persona que él necesitaba para sanar sus heridas, para llenar ese vacío que todavía lo perseguía desde la muerte de sus padres. En su corazón, no dudaba que Dios lo había puesto en su camino.

Durante los cuarenta minutos de trayecto hasta su casa, todo le pareció fugaz, como si hubiese sido solo un pensamiento breve. Sonreía al recordar su torpeza, la forma en que se le humedecieron los ojos al hablar de su familia, la sinceridad con la que le confiaba sus sentimientos. Ya no podía esperar para volver a verlo al día siguiente.

Al llegar a su habitación, pensó en enviarle un mensaje de texto para desearle buenas noches. Habían intercambiado sus contactos horas antes, y la tentación era enorme. Sin embargo, dudaba: no quería parecer ansiosa, ni mucho menos ser la primera en escribirle. Se quedó acostada con el teléfono en la mano, inventando excusas para alargar el momento antes de apagar la luz, buscando cualquier pretexto para romper el silencio.

De pronto, el celular vibró. Era un mensaje de Arfaxad.

"Gracias por esta noche. Nunca había tenido la confianza de abrirme con alguien sobre mis temores, dolores y sentimientos más profundos. Descansa, espero verte mañana."

Lea no pudo evitar sonreír. Su corazón dio un salto de alegría. Con manos temblorosas, escribió de inmediato la respuesta que había estado conteniendo:

"Buenas noches, Arfaxad. Yo también espero verte mañana."

Se quedó mirando la pantalla un instante, y luego abrazó el teléfono contra su pecho. Aquella sonrisa la acompañó hasta quedarse dormida. Esa sonrisa frágil y luminosa, que nace sin permiso, que se enciende en medio de la incertidumbre y anuncia el principio de algo grande. Esa que solo es provocada por el amor naciente.

Los saltos al Amor

Al día siguiente, Arfaxad despertó de un humor perfecto. Había dormido poco, pero su mente estaba ligera, llena de pensamientos que lo hacían sonreír sin motivo. Lo primero que hizo, todavía recostado, fue tomar su teléfono y escribir un mensaje:
"Buenos días, que tengas un maravilloso día hoy."

Después, como ya era costumbre, comenzó su rutina de ejercicio. Le gustaba esa disciplina matutina, el esfuerzo físico que lo mantenía centrado. Pero esa mañana no era igual que las demás. Entre cada respiración pensaba en ella, en su voz, en sus ojos color miel y en la forma tan natural en que lo había escuchado la noche anterior.

El teléfono vibró. Sonrió al ver su nombre en la pantalla. "Buenos días, Arfa. Que tengas excelente día. Te veo en un rato, si Dios lo permite."

Leyó el mensaje varias veces, como si en esas breves palabras pudiera descubrir un significado oculto, una promesa. Lea sabía que lo vería, como siempre, en la cafetería, y él sabía que ese sería el mejor momento del día. Ambos contaban las horas, aunque ninguno lo dijera en voz alta.

La mañana era cálida y luminosa. El cielo despejado de Monterrey parecía tener un brillo especial. Arfaxad llegó a la cafetería un poco antes de lo habitual, queriendo fingir casualidad. El aroma del café tostado lo envolvió, y apenas cruzó la puerta la vio: Lea, con el cabello recogido y esa sonrisa que podía transformar cualquier día común en algo memorable.

—Buenos días, señor, ¿le puedo ofrecer algo? —dijo Lea, en tono coqueto, imitando el trato formal de siempre pero con una chispa divertida en los ojos.

—Hola, Lea. Me da gusto verte... lo de siempre. —respondió él con una sonrisa que no pudo contener, entendiendo el juego de palabras—. ¿Estarás libre esta tarde después del trabajo? Quisiera invitarte a cenar.

Ella se quedó mirándolo unos segundos, con la taza aún en la mano. Sonrió apenas, bajando la mirada.
—Veré si puedo, pero suena bien —dijo con voz suave, como si tratara de disimular la emoción.

Eran dos jóvenes enamorados, allí, frente a frente, sonriendo con esa felicidad que solo se entiende cuando la razón es opacada por el amor. No era un gesto impulsivo, sino la consecuencia natural de lo que habían estado sintiendo sin decirlo. Era la certeza de que algo nuevo comenzaba.

Arfaxad, que siempre había vivido a la defensiva, sintió que por primera vez su corazón le ganaba a la razón. Y no le importaba.
Quería cambiar su soledad por la compañía de Lea, su pensamiento errante por la estabilidad que ella representaba. No sabía aún si aquello era amor o esperanza, pero sí sabía que no quería perder esa sensación.

Su mente viajaba rápido, imaginando la tarde, las palabras que usaría, la manera en que ella respondería.

Y aunque su parte racional intentaba advertirle que iba muy rápido, su corazón lo interrumpía con una sola idea: ya era hora de dejar de huir.

A la hora de la comida, Arfaxad tomó su teléfono y escribió un mensaje a Lea:

—Hola, ¿cómo te ha ido en el día? Hoy saldré temprano, tengo unas compras que hacer. Si me desocupo a tiempo, quizá pueda verte.

Apenas iba a darle una mordida a su sándwich cuando la pantalla del teléfono se iluminó con la respuesta:

—Me parece perfecto. Solo que hoy tengo que estar temprano en casa. Ayer el camino se puso un poco feo y mis padres me pidieron no regresar tan tarde.

Arfaxad sonrió. Aquello, lejos de desanimarlo, le pareció la excusa perfecta para acompañarla hasta su hogar. Terminó de comer a toda prisa, con una mezcla de ansiedad y emoción, y se dirigió directamente a cumplir con las diligencias que tenía pendientes. Quería terminar cuanto antes. Todo su pensamiento estaba en ella.

—Hola, Lea —dijo con voz alegre al verla, mientras ella limpiaba la barra de la cafetería.

—Hola, Arfa. Ahorita salgo, hoy no trabajo hasta tarde, dame dos minutos. —Se quitó el delantal con rapidez y fue a recoger sus cosas. Sus movimientos, aunque apresurados, tenían una gracia natural que lo dejaba embobado.

—¿Cómo te fue en la entrevista que tenías? —preguntó él, recordando con interés lo que le había contado días atrás.

Lea le había hablado de sus planes, de sus metas, de lo mucho que deseaba conseguir esa pasantía en una empresa importante de la ciudad. Arfaxad la escuchaba siempre con genuina atención; admiraba su disciplina, la claridad con la que trazaba su camino.

—Justo de eso quería hablarte —respondió ella, sonriendo—. ¡Me aceptaron! En dos semanas empiezo. —Señaló hacia una torre cercana, visible desde la ventana del café—. ¿Ves ese edificio de allá?

—Sí, lo veo —contestó él, inclinándose un poco, curioso.

—Ahí será. Estaré como asistente en prácticas. Así que ya no podrás venir a fingir que te gusta el café.

La frase, dicha con picardía, lo tomó por sorpresa. Lea lo miró con esa sonrisa que lo desarmaba, traviesa y dulce a la vez. Arfaxad solo pudo asentir, ruborizado, con una media sonrisa que hablaba más que cualquier palabra. En ese instante comprendió que ella lo había descubierto desde el principio, que había sabido siempre por qué regresaba cada mañana a ese mismo lugar.

Y, aun así, lo había esperado.

Al salir de la cafetería, decidieron caminar hasta un restaurante cercano. Era un lugar elegante, con ventanales altos y luces cálidas que se reflejaban sobre el pavimento mojado por la llovizna. Lea se sintió un poco fuera de lugar; no estaba acostumbrada a ese tipo de sitios y pensó que no iba vestida para la ocasión.

—Adelante, señorita —dijo Arfaxad, sonriendo mientras abría la puerta y hacía una ligera reverencia.

Lea sintió su corazón acelerarse. Cada gesto de él la desarmaba: su tono amable, su mirada serena, la forma en que parecía atento a cada detalle. Cuando llegaron a la mesa, Arfaxad le corrió la silla para que se sentara, como todo un caballero. Aquel gesto simple, casi olvidado en los tiempos modernos, la conmovió.

Ella nunca había sido dependiente de nadie. Creció acostumbrada a valerse por sí misma. Haber nacido en una ciudad fronteriza la había hecho fuerte: allá el ruido del crimen era parte del día a día, y la vida no daba tregua. Cuando se mudaron a Monterrey, su familia no tenía los recursos suficientes para rentar una casa en el centro, así que optaron por vivir en las afueras. Desde entonces, aprendió a madurar rápido.

Sus padres trabajaban todo el día para mantenerla a ella y a su hermana menor. Lea se encargaba de casi todo: preparar la comida, vestir a su hermana, llevarla a la escuela. Y ahora, siendo universitaria, su rutina era igual de exigente. Cada día viajaba en camión dos o tres horas para ir y venir de la universidad, sin quejarse. Había aprendido a convivir con la fatiga y la soledad como parte de su camino.

Por eso, estar en ese restaurante, frente a un hombre que la miraba con ternura y respeto, le resultaba extraño. Sentía que no encajaba... hasta que la mano cálida de Arfaxad tocó suavemente su espalda al acomodarle la silla. Ese contacto la devolvió al presente, y por un instante, todo pensamiento desapareció.

24

—Este lugar es muy bonito… no sé si pueda… —dijo Lea con cierta timidez, bajando un poco la mirada.

—No te preocupes —interrumpió Arfaxad con una sonrisa confiada—. Solo quiero pasar un momento agradable. Olvídate de quién invitó o quién pagará. Disfruta el momento.

Su tono tenía un leve matiz de arrogancia, no con intención de presumir, sino de mostrarle que podía ofrecerle algo más de lo que estaba acostumbrada.

—Está perfecto… muchas gracias —respondió Lea, aunque por dentro se sentía algo incómoda.

No podía evitar observar a las personas que los atendían ni a quienes estaban en las mesas cercanas. Sentía las miradas caer sobre ella, miradas que pesaban como juicios silenciosos, recordándole la vida difícil de la que venía: los días de trabajo y estudio, la responsabilidad de cuidar a su hermana, los años en que el esfuerzo era la única moneda que conocía. Todo eso se agolpó en su mente, y por un momento la alegría del encuentro se volvió incomodidad.

—¿Estás bien? —preguntó Arfaxad, inclinándose un poco hacia ella—. Te noto distraída.

—Sí… todo bien. —Fingió una sonrisa—. Solo que… siento que no es un lugar para mí.

—Olvídate de todo eso, disfruta el momento. —Él intentó tomarle la mano, con la misma naturalidad con la que ella había tomado la suya aquella noche en la taquería, pero Lea la retiró con rapidez, algo apenada.

—Perdón —dijo él enseguida—. No quería incomodarte más.

—No te apures —contestó ella con suavidad—. Es solo que… me dio un poco de vergüenza.

Él la miró con ternura y, casi en un susurro, preguntó:
—¿Puedo tomarte la mano?

Lea sonrió con timidez, bajando la vista.
—¿Pero por qué? Realmente… no somos nada.

Arfaxad frunció el ceño, sin entender del todo.
—¿Cómo que no somos nada?

Ella soltó una pequeña risa nerviosa y aclaró:
—Bueno, quiero decir… no somos novios.

Y en ese momento, Arfaxad lo comprendió. Aquello no era como en los lugares donde había vivido, donde bastaba salir juntos unas cuantas veces para considerarse pareja. Aquí, las cosas se decían con claridad, se pedían con el corazón en la mano.
Por primera vez entendió que no bastaba con suponerlo: tenía que decírselo.

—Bueno… realmente no soy bueno para esto —comenzó Arfaxad, bajando un poco la mirada, con la voz temblorosa—. De hecho, todo lo que está pasando para mí es nuevo. Soy una persona muy cambiante; si algo no me gusta, rápidamente busco comodidad. No me agradan los retos, huyo de ellos. Pero cuando llegué aquí… algo en ti me hizo querer dejar la vida que tenía. Cuando vi tus ojos y tu sonrisa… fue un momento sublime.

—No tienes que decir eso… —dijo Lea con un leve temblor en la voz, nerviosa pero conmovida.

—Sí quiero decirlo —continuó él, mirándola directamente—. Cuando entré por primera vez a esa cafetería fue la primera vez que sentí el deseo de quedarme en un lugar. No importaba si era Londres, Madrid, París, Nueva York o Monterrey… donde fuera, pero que estuvieras tú.
—No sé cómo hacer esto, nunca lo he hecho antes, pero, Lea… —hizo una pausa, respiró hondo y siguió— no quiero estar en un lugar donde tú no estés. Quiero compartir mi vida contigo, y quiero que compartas la tuya conmigo.

Su voz temblaba, pero cada palabra salía desde el fondo de su alma.
—Quiero crecer contigo, y ser la ayuda que necesites para alcanzar todas tus metas. Quiero que juntos podamos destruir y construir un nuevo mundo, donde solo tú seas el centro, el núcleo de mi tierra. Que todo gire a tu alrededor, y que no haya nada en mi mundo que no tenga tu esencia, tu aroma, tu sonrisa… tu inefable belleza.

Lea lo miraba en silencio. Sus ojos, brillantes por las lágrimas, delataban lo que su boca todavía no se atrevía a decir. No era una mujer que se rindiera fácil, pero el amor la había tomado por sorpresa.

—Arfaxad… —susurró con voz entrecortada—. No eras lo que buscaba. Y no hablo de ti como hombre, sino de mí misma. Mi mente estaba enfocada en mis metas, en mis sueños. He tenido planes muy ambiciosos, y no quiero distraerme. Pero… —tomó aire y sonrió con dulzura—

cuando te vi, todo cambió. No eres una distracción, eres una razón. Me has hecho ver un mundo distinto, más amable, más vivo.

Se limpió una lágrima y lo miró a los ojos.
—Así que sí… quiero ser tu novia. No lo has preguntado aún —agregó con una risa nerviosa—, pero sí quiero compartir mi vida contigo.

Por un momento, Lea se olvidó del lugar que tanto la había hecho sentir fuera de sitio. Todo se desdibujó: las miradas ajenas, las luces del restaurante, el murmullo lejano de las conversaciones. Solo quedó él. Su voz, profunda y pausada, la envolvía con una calma que parecía deshacer todos los temores.

Cuando Arfaxad tomó su mano, ambos descubrieron que las suyas temblaban, frías y húmedas. Pero ese temblor no era debilidad; era el lenguaje silencioso del alma cuando el amor empieza a nacer. El nerviosismo no era miedo, sino el reflejo de algo verdadero, de un sentimiento que llegaba sin aviso y sin permiso.

No sé cuánto creas, estimado lector, en el amor eterno. Pero cuando ves a esa persona —esa que parece ajena y, sin embargo, tan familiar— el tiempo se detiene. No importa si apenas la conoces o si tus palabras se tropiezan al hablarle; lo que realmente importa es lo que estás dispuesto a entregar sin esperar nada a cambio. Porque el amor, cuando es real, no calcula, se da.

Así se miraban Arfaxad y Lea aquella noche: con la certeza de que algo había cambiado para siempre. No era solo una cita ni un encuentro fortuito. Era el principio de algo que desafiaría el tiempo, el espacio y la razón. Era, sin saberlo aún, el inicio de su historia eterna.

Al salir del restaurante, aún era temprano. Arfaxad, con ese gesto caballeroso que tanto lo caracterizaba, le pidió a Lea que le permitiera acompañarla hasta su casa. Por supuesto, ya había pedido un auto privado para ir juntos.

—Espero que no te asustes —dijo Lea, sonriendo con un dejo de timidez—. Por donde vivo no tiene nada que ver con los lugares a los que hemos ido.

En el trayecto, la conversación fluyó sin pausas. Descubrieron que ambos amaban la música, aunque con gustos muy distintos. Ella disfrutaba el regional mexicano, canciones que le recordaban su infancia y las reuniones familiares, mientras que él prefería la música clásica, el pop inglés y el rock alternativo.
—Escucha esta —dijo Lea, entusiasmada, pasándole su teléfono con una canción que sonaba entre romántica y alegre.
Arfaxad la escuchó con atención, confundido por el ritmo, pero sonriente. Nunca había oído algo así, sin embargo, quería conocer cada parte de su mundo, aunque fuera tan distinto al suyo.

Poco a poco, los edificios fueron desapareciendo. Las luces del centro se desvanecían, y el pavimento elegante se convertía en calles más estrechas. Las estaciones del metro ya no alcanzaban esa zona. A los costados, personas caminaban con prisa, algunas vendiendo, otras pidiendo ayuda.
Él empezó a sentirse incómodo, no por el lugar, sino porque comprendía cuánto había tenido que esforzarse Lea

para llegar hasta donde estaba. Sin embargo, no lo demostró. Solo la miró con una mezcla de respeto y admiración silenciosa.

Cuando llegaron a su casa, Lea dudó un instante. No quería que él bajara. Sabía que podían estar sus padres, y le daba vergüenza explicarles quién era aquel hombre que acababa de conocer formalmente. Pero Arfaxad insistió.

—Entonces… ¿puedo pasar por ti mañana? —preguntó con una sonrisa suave, procurando no sonar posesivo ni insistente.

—¿Cómo crees? Vives muy lejos, y mañana entro temprano a trabajar.

—No te preocupes —replicó él—. Solo dime a qué hora necesitas que nos vayamos.

—Mira, si gustas, platicamos más tarde y te aviso, ¿va?

—Perfecto —respondió él—. Pero créeme, nunca será molestia venir por ti.

Para Arfaxad, esas muestras de atención eran naturales. Aun cuando había perdido a sus padres siendo joven, recordaba con claridad el cariño que se tenían. Su padre siempre fue atento con su madre, y ella le correspondía con ternura. Desde pequeño, le enseñaron que amar también era cuidar, y que un gesto amable podía decir más que mil palabras. Por eso, con Lea, no le costaba nada ser así.

Y allí estaban, frente a frente. Él buscaba cualquier pretexto para no irse; ella, nerviosa, sin saber qué esperar. Arfaxad notó que la bolsa de Lea se resbalaba de su hombro y, en un movimiento espontáneo, la acomodó. Su mano recorrió suavemente su brazo hasta entrelazarse con la de ella.

El silencio se hizo profundo. La respiración de ambos se aceleró. Por un instante, el mundo desapareció: solo quedaban ellos, y los latidos que, jurarían después, podían oír del otro. Sus miradas se encontraron, se sostuvieron, y como si una fuerza invisible los empujara, sus labios se fueron acercando. Fue lento, inevitable, como el encuentro de dos almas que se reconocen.

Y entonces llegó el beso.
Ese primer beso que no se olvida, no por ser el primero, sino porque marca el inicio de algo que trasciende. El beso de quien ha cruzado mares, ciudades y vidas enteras solo para encontrarte.

Cuando se separaron, Lea sonrió, conteniendo el temblor en sus labios, y corrió hacia la puerta. Arfaxad la vio desaparecer tras el umbral, sintiendo cómo su corazón latía con una fuerza que casi dolía.
Él había viajado por el mundo buscando inspiración; sin saberlo, la había encontrado en una sonrisa.
Ella, en cambio, sintió que había sido transportada a un lugar desconocido y hermoso, un mundo que solo podía existir entre los brazos de ese extranjero que había decidido quedarse por amor.

Al día siguiente, antes del amanecer, Arfaxad ya estaba allí. Eran las seis de la mañana, y el aire aún era fresco. Lea le había mandado un mensaje la noche anterior, diciéndole a qué hora solía salir.

—Buenos días —saludó él con entusiasmo—. Tengo una idea para hoy, no sé qué te parezca.

—Buenos días, Arfa. Muchas gracias —dijo Lea con una sonrisa agradecida mientras él abría el portón y, acto seguido, la puerta del auto que había contratado para ella.

—¿Qué te parece si hoy no trabajamos ninguno de los dos? —preguntó Arfaxad con una emoción difícil de ocultar—. Quiero aprovechar el día contigo.

—¿Cómo crees? —respondió Lea entre risas nerviosas—. Tengo que trabajar, no puedo faltar.

Su vergüenza se notaba en cada palabra, como cuando el corazón quiere decir que sí, pero la mente insiste en mantener el orden. Quería mostrarse firme, pero por dentro moría de ganas de aceptar.

—No te preocupes —insistió él con una sonrisa que la desarmó—. Podemos reportarnos enfermos. Solo quiero pasar el día contigo.

La propuesta, aunque impulsiva, lo llenaba de entusiasmo. Quería conocerla más, escucharla, compartir con ella algo más que despedidas apresuradas. Lea lo miró unos segundos en silencio y luego, entre resignada y encantada, asintió.

—Está bien —dijo sonriendo—, pero yo elegiré a dónde iremos.

A las siete de la mañana ya estaban en una pequeña cafetería abierta desde temprano, de esas donde el aroma del café recién molido se mezcla con el ruido de los camiones y el bullicio de las calles. Afuera, Monterrey comenzaba a despertar con su caos habitual: el sonido de los cláxones, el paso rápido de la gente rumbo a sus trabajos y ese sol que no da tregua ni a tan temprana hora.

Dentro, sin embargo, el mundo parecía detenerse. Entre el murmullo de las conversaciones y el golpeteo de las cucharas en las tazas, Lea y Arfaxad compartían un espacio que se sentía aparte de todo lo demás.

Lea pidió chilaquiles, su desayuno favorito. Amaba comerlos con tortilla de harina, una costumbre que siempre causaba risa entre sus amigos, pero no con Arfaxad. Él la observaba fascinado, hipnotizado por la naturalidad con la que disfrutaba cada bocado, como si no existiera nada más importante en ese momento.

Pidió algo sencillo: huevos con salchicha, frijoles refritos y tortillas de harina. Ya se había acostumbrado a los desayunos mexicanos, aunque el picante seguía siendo su enemigo. En medio del aroma del café y las risas que se escapaban de otras mesas, compartían un momento simple pero lleno de calidez.

"¿Cómo algo tan cotidiano puede hacerme tan feliz?", pensó Arfaxad, mientras la observaba. Luego, con una sonrisa, preguntó:
—¿Y qué haremos hoy? ¿Será un día tranquilo o tengo que pasar a comprar ropa más deportiva?

—No te preocupes, Arfa —respondió ella—, como estamos vestidos está bien. Solo que sí caminaremos mucho, así que prepárate para el calor. Por cierto, ¿cómo dormiste anoche? ¿Cómo te fue en el camino a tu casa?

Sus preguntas no eran solo por cortesía. Había un interés genuino en su voz, y eso lo conmovió. Desde la muerte de sus padres, nadie se había preocupado por él de esa manera. Durante años convivió con compañeros, colegas y conocidos, pero nadie lo había mirado como ella lo hacía en ese momento.

—Ayer me dijiste que no me asustara por el lugar donde vivías —comenzó él con voz serena—, y no me asusté. Pero sí me hizo pensar. Ver el otro rostro de esta ciudad me impactó. Donde vivo todo es distinto: gente con poder, con dinero. Y aunque no me falte nada, verte luchar cada día me hizo admirarte aún más.

Hizo una pausa.
—Nunca nadie me había preguntado cómo amanecí desde que mis padres ya no están. Dormí bien, aunque, si soy sincero, me la pasé pensando en ese beso. No quiero sonar cursi, pero esto es nuevo para mí. No soy tan joven como tú, y nunca había tenido novia. Cuando mis padres murieron, me enojé con la vida, me refugié en mis estudios de arte. Era mi forma de escapar. Luego viajé, viví en distintas ciudades, pero no me encontraba… ni a mí, ni la inspiración que tanto buscaba. Y ahora te encuentro a ti, y siento que eres justo eso: mi inspiración. Mi estabilidad.

Lea bajó la mirada, tratando de contener la emoción que le provocaban esas palabras.
—No creo ser una inspiración —dijo sonrojada—. Solo soy una chica normal que se preocupa por quien tiene a su lado. Pero, como te lo dije aquella noche, puedes confiar en

mí. Y sí, sé que el camino a mi casa te parece otro mundo. Por eso, si prefieres, podemos vernos en otro lugar. No quiero que te sientas incómodo.

—No, Lea —replicó él con voz suave pero firme—. Te lo dije: quiero ser tu ayuda para alcanzar tus metas. Si puedo hacerlo, incluso llevarte al trabajo, lo haré.

Ella sonrió, divertida por su insistencia.
—Arfa, te seré sincera. Desde que te vi me agradó tu porte. Luego descubrí tu timidez… y se me hizo tierna. Me encantaba verte fingir que no me notabas, cuando eras pésimo disimulando.

Arfaxad casi escupe el café al escucharla. Rió avergonzado, imaginando cómo se habría visto desde su perspectiva.

—Y después supe más de ti —continuó Lea—. Supe de tu trabajo, de los lugares donde habías vivido, del tipo de vida que llevas. Cuando comimos en aquel restaurante lujoso, entendí que tú y yo venimos de mundos diferentes. Pero no quiero que eso sea una barrera. Ya sabes quién soy y de dónde vengo. No pertenezco a la alta sociedad, solo soy una mujer que lucha por cumplir sus sueños. Por eso me cuesta pensar que gastes tanto rentando autos solo para venir por mí. Es demasiado.

—Entiendo lo que dices, pero déjame explicártelo de otra forma —dijo Arfaxad, intentando encontrar las palabras correctas mientras la observaba—. A ti te encantan los tacos, ¿verdad? Si fuera por ti, comerías tacos todos los días. No porque no haya más opciones, sino porque son parte de ti. Te hacen sentir bien, te recuerdan de dónde vienes. Aunque existan mil platillos más finos, al final, siempre vuelves a ellos.

Lea lo miró sin interrumpir, esperando a dónde iría con eso.

—Bueno —continuó él—, así me pasa contigo. He estado en muchos lugares, he conocido muchas personas, pero contigo siento esa misma sensación de hogar. Es como si por fin encontrara algo que no quiero soltar. No porque sea nuevo o diferente, sino porque es mío.

Ella soltó una pequeña risa, entre incrédula y conmovida.
—Entonces… ¿me estás diciendo que soy como un taco? —dijo entre risas.

Arfaxad se llevó una mano a la frente, riendo también.
—No exactamente. Lo que intento decir es que tú eres lo que más disfruto, lo que no me cansa, lo que me hace querer regresar todos los días. Eres esa costumbre que uno no quiere romper nunca.

Lea bajó la mirada, escondiendo una sonrisa tímida.
—Creo que me gustó cómo me comparaste con tacos —murmuró, divertida—. Suena raro… pero me gustó.

Él la observó en silencio unos segundos, sin decir nada más. En el fondo, sabía que ese momento, en una simple cafetería de la ciudad, quedaría grabado en su memoria como algo más que una mañana compartida. Afuera la vida seguía, el sol seguía subiendo y el ruido del tráfico llenaba las calles; pero para ellos, el mundo se había detenido.

—No te apures —dijo Lea al fin—, solo me dio risa. Ahora, ¿qué te parece si platicamos de lo que vamos a hacer hoy? Quiero llevarte a un lugar por la Carretera Nacional. Venden muchas artesanías, cosas hechas a mano, de madera, de barro… hay de todo. Tal vez podríamos ir a Santiago, comer una nieve cerca de la plaza, caminar por el mirador de la presa y después regresar a ver una película, ¿te parece?

Arfaxad la miró encantado.
—Yo estoy disponible para ti todo el día. Tuve la idea de pasar el día juntos, pero acepto tu plan. A fin de cuentas, tú conoces más este lugar que yo.

Lea sonrió complacida.
—Entonces será un trato. Quiero que conozcas lo más bonito de aquí. No lo digo porque sea mi ciudad, pero Monterrey tiene algo… no sé, una energía que te envuelve. La gente, la comida, las montañas, todo tiene una fuerza especial.

Él la observó, conmovido por la pasión sencilla con que hablaba. No era una mujer que presumiera de su origen ni de los lugares que conocía; hablaba con ese orgullo sereno de quien ha aprendido a encontrar belleza en los sitios donde ha luchado. En ese instante, Arfaxad comprendió que aquel día no sería solo un paseo: sería una lección de vida. Iba a conocer la ciudad a través de los ojos de Lea, la mujer que había transformado su mundo errante en un lugar donde, por fin, quería quedarse.

Tomaron un coche rumbo al sur por la Carretera Nacional. Conforme avanzaban, el paisaje urbano se transformaba en un espectáculo de montañas y casonas a medio construir que parecían colgadas de los cerros. Al fondo, el verde intenso de la Sierra Madre dibujaba siluetas majestuosas. Para Arfaxad, era una vista nueva y fascinante: tiendas de muebles rústicos, panaderías con hornos de barro, puestos de dulces típicos, y el aroma inconfundible a madera y elote asado.

Llegaron a un punto muy conocido, donde el camino se llenaba de coloridas tiendas de artesanías. Lea caminaba con paso ligero, señalándole algunos puestos que recordaba desde niña. Él la observaba con una sonrisa tranquila. En medio del bullicio de la gente y el calor que se sentía desde temprano, Arfaxad solo podía pensar en el roce de su mano junto a la de ella. Fingió hacerlo por accidente, hasta que finalmente entrelazó sus dedos con los de Lea.

—Este lugar es mi favorito para comer pan de elote —le dijo ella, mientras lo guiaba hacia un pequeño puesto al borde del camino—. Mi papá solía traernos cuando tenía un buen trabajo. Veníamos los fines de semana, comprábamos pan y miel, caminábamos por el río que está detrás de ese cerro y luego regresábamos a casa. Son de esos recuerdos que nunca se olvidan.

Arfaxad pidió dos panes: uno para comer allí y otro para que ella llevara a casa. Escuchaba cada palabra de Lea como si fuera música. Era la historia simple de una familia, pero para él tenía más valor que cualquier charla sofisticada.

—Wow —dijo al probar el primer bocado—. Este sabor es increíble. En Madrid probé pan de maíz en una panadería mexicana, pero no tenía estos granos, ni esta textura.

—Te lo dije —respondió Lea, sonriendo con orgullo—. Aquí todo sabe diferente.

—Casi tan dulce como compartir este día contigo —añadió él, con voz suave y sincera.

Ella lo miró con una mezcla de ternura y desconcierto. No respondió, solo se sonrojó y siguió comiendo.

Siguieron caminando entre los puestos, viendo muebles tallados, figuras de barro y botellas de miel con etiquetas hechas a mano. Cuando llegaron al lugar donde su padre solía comprar, Lea se acomodó el cabello detrás de la oreja, y Arfaxad no pudo evitar quedarse viéndola en silencio. Cada gesto de ella lo enamoraba un poco más.

Después de comprar dos botellas de miel, decidieron seguir el camino hacia el mirador de la Presa de la Boca, en Santiago, Nuevo León. El lugar era hermoso: una iglesia colonial al centro del pueblo, paredes de adobe, calles empedradas y el murmullo del viento que soplaba desde la montaña. El mirador, construido a la orilla de una ladera, ofrecía una vista que parecía pintada. Desde allí, el agua brillaba con reflejos plateados bajo el sol.

Las conversaciones se volvieron más profundas. Ya no eran simples pláticas de curiosidad; hablaban del futuro, de los sueños y de lo que cada uno deseaba construir.

—¿Y te ves viviendo en Monterrey toda la vida? —preguntó Lea, con voz tranquila, sin mirarlo.

Él tardó en responder. Nunca se había detenido a pensar en eso, pero la pregunta lo sacudió.

—Estoy dispuesto a vivir donde estés tú —contestó finalmente, sin pensarlo demasiado.

Lea sonrió apenas.
—Yo tengo sueños, Arfa. Sueños grandes. No quiero que nada ni nadie me detenga. Sé que tú vienes de una vida distinta, más fácil en algunos aspectos, pero yo he tenido que esforzarme para cada cosa. Pase lo que pase, quiero cumplir mis metas, llegar lejos por mí misma.

Tratando de aligerar la conversación, él bromeó:
—Pero si te casas conmigo no tendrías que preocuparte por eso.

Ella lo miró, seria.
—No, no lo entiendes. No se trata de tener, sino de lograr. Mi familia ha vivido muchas carencias. Lo único que de verdad poseemos son los recuerdos, los momentos felices. Quiero crecer, superarme, poder decir que lo logré.

Arfaxad asintió. No replicó. Por primera vez comprendió que aquella mujer era más fuerte de lo que él imaginaba, y que amarla significaba también aprender de su valentía.

El sol caía con fuerza. Ya pasaban de las dos de la tarde. Decidieron bajar hacia la plaza principal de Santiago para refrescarse con una nieve. El lugar estaba lleno de vida: familias, niños corriendo, parejas sentadas en las bancas. En la esquina, un carrito vendía nieves artesanales. Los sabores eran extraños para él: guanábana, tuna, elote, nanche. Eligió una de limón. Lea pidió un smoothie de mango.

Se sentaron frente a la parroquia de Santiago Apóstol, observando el ir y venir de la gente. Tomaron fotos, rieron, compartieron bocados de nieve y promesas sin decir.

A las tres de la tarde emprendieron el regreso a Monterrey. Querían cerrar el día viendo una película. No había nada interesante en cartelera, así que eligieron una comedia cualquiera. En la penumbra del cine, entre el sonido del aire acondicionado y el murmullo lejano del público, no tardaron en dejar de prestar atención a la pantalla.

—Creo que tienes metas increíbles —dijo Arfaxad en voz baja, girando apenas el rostro hacia ella—. Me gustaría que también busquemos metas juntos.

—Claro —respondió Lea, con una sonrisa tenue—. Creo que esta relación puede funcionar, siempre que aprendamos a respetar los sueños del otro, y sepamos ceder cuando haga falta.

Se quedaron en silencio. Solo se escuchaba la película al fondo, y el roce leve de sus manos entrelazadas sobre el asiento. En ese instante, sin palabras, ambos entendieron que el amor no siempre llega con promesas eternas, sino con decisiones pequeñas, con la certeza de querer compartir el día, la vida, y el corazón.

Afuera, la noche caía sobre Monterrey, y el viento bajaba tibio desde las montañas. Era el fin de un día perfecto. El día en que ambos dieron su salto al amor.

Los saltos a la inspiración.

Ambos se dispusieron a ir a casa de Lea.
Ella, emocionada, no podía ocultar la sonrisa. Había esperado ese momento sin darse cuenta: presentar a Arfaxad a sus padres, compartir con ellos a aquel hombre que había logrado despertar en ella una calma nueva, una especie de certeza que nunca antes había sentido. En él encontraba algo distinto, algo que le hacía pensar que, por fin, la vida le estaba devolviendo lo que tanto había dado.

Aún no era muy tarde cuando, casi al llegar a su colonia, el carro se detuvo. Las luces rojas de un par de conos marcaban el cierre de la calle.
—Ah, se me olvidó que hoy se pone el mercadito por mi casa —dijo Lea riendo, mientras se acomodaba un mechón de cabello detrás de la oreja, ese gesto tan suyo que parecía darle pausa al mundo por un instante.

Tenía esa manera de moverse que lo desarmaba: sencilla, ligera, como si cada cosa que hacía tuviera un ritmo propio. A Arfaxad le fascinaba ese detalle, la naturalidad con la que ella podía convertir lo cotidiano en algo casi poético.

—¿Un mercado aquí? Pensé que estos lugares tenían zonas específicas —comentó él, con esa mezcla de sorpresa y curiosidad que lo hacía parecer un niño descubriendo el mundo.
Su acento extranjero hacía que cada palabra sonara como una melodía distinta, y Lea se sorprendió pensando en lo mucho que amaba escucharlo hablar.

—Aquí es muy común —explicó ella, con una sonrisa—. La gente cierra las calles y vende lo que tiene: comida, ropa, dulces, plantas, cosas hechas en casa. Es una tradición.

—Perfecto —respondió él—. Entonces tendremos que caminar entre los puestos.

No había queja en su voz, sino una alegría contenida, una emoción tranquila por prolongar el momento, por robarle unos minutos más a la noche.

Al bajar del carro, el aire olía a mantequilla derretida, a azúcar tostada, a maíz recién cocido. Sonidos de risas, conversaciones y música se entrelazaban con el chisporroteo del aceite en los comales. Las luces amarillas colgaban de cables improvisados, temblando con el viento suave. La calle entera parecía suspendida en una postal, viva y colorida.

Lea lo tomó del brazo y lo llevó directo a un puesto de elotes.

—Tienes que probar esto —dijo, como si se tratara de una prueba sagrada.

Pidieron dos vasos. El vendedor, con las manos rápidas, agregó mayonesa, queso, chile y limón.

Arfaxad, sin pensarlo mucho, tomó la cuchara y se llevó una porción a la boca.

—Así no se come —dijo Lea riendo, y su risa se perdió entre el humo del comal y el murmullo de la gente—. Tienes que revolverlo, que se mezclen todos los sabores.

Ella tomó el vaso de sus manos, lo giró con paciencia, y luego le devolvió la cuchara. Sus dedos se rozaron apenas, y fue un roce pequeño, casi accidental, pero suficiente para que los dos guardaran silencio por un segundo.

A ella le encantaba mostrarle esas pequeñas cosas: el modo en que los mexicanos convertían lo cotidiano en arte, cómo el gusto, el color y el caos se mezclaban con una armonía que solo podía entenderse viviendo allí.

—Está delicioso —dijo él, sorprendido, después de probar de nuevo—. Quién imaginaría que el mismo maíz puede ser dulce por la mañana y salado por la noche.
—Depende de quién lo prepare —respondió Lea, divertida.
—Entonces creo que todo depende del alma que lo cocina.
Ella lo miró un momento, con una ternura que no quiso esconder.
—O del alma que lo prueba.

Caminaron un rato más entre los puestos, dejando que el bullicio se volviera parte de ellos. Las luces se reflejaban en los charcos del asfalto, las voces se mezclaban con el sonido lejano de una guitarra y el aroma del café recién colado. Cada paso parecía un fragmento de una escena que ninguno de los dos quería que terminara.

Llegaron a una taquería improvisada con una lona roja. Era el lugar donde Lea solía cenar después de las clases, un rincón sencillo pero lleno de vida. Al verla llegar, algunos la saludaron con afecto; otros, curiosos, miraban al hombre elegante que la acompañaba, de andar pausado y mirada extranjera.

Pidieron quesadillas de guisos. Arfaxad la dejó elegir. Ella pidió una de flor de calabaza y otra de chicharrón prensado.
Mientras esperaban, el humo del comal envolvía el aire con olor a tortilla recién hecha y cebolla asada.

Lea hablaba, él la observaba. No era tanto lo que decía, sino cómo lo decía: con esa mezcla de alegría y calma que solo aparece cuando uno se siente exactamente donde debe estar.

Cuando por fin les sirvieron, se acercó una mujer mayor con una carpeta en las manos, con el rostro cansado pero amable, y fue entonces cuando la historia tomó un nuevo rumbo.

—Buenas noches, jóvenes. No vengo a pedir para mí. Estoy recolectando fondos para una asociación que ayuda a personas con problemas mentales. Damos clases de pintura y música a ancianos con Alzheimer. Algunos de sus cuadros los tenemos a la venta, para seguir financiando el programa.

Lea la escuchó con atención. Arfaxad levantó la vista con sincero interés.
—¿Pintura? —preguntó—. ¿Podríamos verlos? Soy curador de arte, y también pintor.

—Claro —respondió la mujer—, el puesto está un poco más adelante, al final de la calle.

Pagaron la cena y caminaron hacia el sitio. Al llegar, Arfaxad sintió una mezcla de curiosidad y respeto. Frente a él, decenas de lienzos apoyados contra las paredes improvisadas del toldo. Había paisajes ingenuos, retratos de rostros difusos, figuras sin proporción, pero llenas de sentimiento.

Él los observaba con ojo técnico: la textura, el trazo, el uso del espacio. Había algo honesto en esas pinceladas torpes, algo que los artistas formales a veces olvidan cuando pintan buscando perfección y no expresión.

Tomó uno con delicadeza, lo giró hacia la luz. Luego otro. Nada fuera de lo común, pensó… hasta que movió un par de cuadros del fondo.

Entonces lo vio.

Un lienzo más grande, con fondo oscuro. Los trazos eran agresivos, desordenados, pero no caóticos. Una composición de tonos verdes, azules y blancos que parecían extenderse como materia viva en el vacío. Había ritmo, peso, y algo parecido a respiración.
No era pintura al azar; había intención.

Arfaxad se inclinó hacia adelante. No podía dejar de mirar el centro del cuadro, donde las líneas se cruzaban como si convergieran hacia un punto de luz. Era abstracto, sí, pero había una armonía extraña, casi orgánica, como si la pintura estuviera a medio camino entre lo terrenal y lo cósmico.

—¿Arfaxad? ¿Todo bien? —preguntó Lea, notando que se había quedado inmóvil.

Él apenas asintió.
—Disculpe —le dijo al encargado del puesto—, ¿sabe quién pintó esto?

—No, joven —respondió el hombre—. Algunos cuadros llegan sin firma. Este lo trajeron hace unos meses, lo donó una mujer que ayuda en el taller, pero nunca dijo de quién era.

Arfaxad pasó los dedos por el marco, sin tocar el lienzo. Había visto miles de obras, pero nunca una que lo mirara de regreso.

Era un cuadro sencillo, y al mismo tiempo inmenso. No necesitaba entenderlo: lo sentía.
Como si esa pintura lo hubiera estado esperando entre el ruido del mundo, oculta en un puesto de feria, aguardando ese encuentro improbable.

—Lo llevo —dijo al fin, sin dudarlo.

Lea lo miró, sonriendo con ternura. No entendía lo que el cuadro significaba, pero comprendía que algo había despertado en él.

Caminaron de regreso con el lienzo bajo el brazo, y ella rompió el silencio.
—¿Qué viste en ese cuadro, Arfa?

Él respiró hondo, mirando hacia la calle llena de luces.
—No lo sé —respondió—. Pero tengo la sensación de que... me encontró a mí.

El cuadro que Arfaxad había visto le dejó una sensación profunda de paz, una serenidad extraña, casi inquietante. Había algo en la composición que lo descolocaba y lo fascinaba al mismo tiempo. Las manchas parecían lanzadas al azar, pero estaban colocadas con una precisión que solo el instinto del genio permite. Las capas gruesas de óleo mostraban que quien lo pintó no temía al error: había movimiento, ritmo, dirección. Los trazos eran impulsivos, casi violentos, pero sostenidos por una armonía que no se enseña; se siente.

El contraste de luces sobre un fondo oscuro le hablaba del desequilibrio humano, de esa lucha interna que el arte intenta ordenar sin lograrlo del todo. Las zonas sin resolver, los vacíos, las transparencias de color mal difuminadas... todo lo que un crítico llamaría defecto, para él era verdad. En ese caos encontró la coherencia que siempre había buscado. Era una obra imperfecta, pero viva.

A los ojos de Arfaxad, aquel lienzo no necesitaba corrección: necesitaba comprensión.
Por primera vez en mucho tiempo sintió plenitud. No solo porque estaba con la mujer que amaba, sino porque había hallado, en un rincón anónimo, lo que llevaba años persiguiendo: un rumbo, una voz, un sentido.

—Vienes muy callado —dijo Lea con dulzura—. Ese cuadro te hizo pensar profundamente, ¿verdad?

—No sé cómo explicarlo con palabras sencillas —respondió él—. Es como cuando te vi por primera vez. Cuando entré en esa cafetería, supe que no tenía que buscar más. Todo estaba en su lugar. Encontré en tus ojos color miel algo que no hallaba en mí: paz.
Y ahora, al ver esta pintura, siento lo mismo. Es como si el arte me hablara. Como si me dijera que no debo pintar lo que quiero, sino lo que él —el arte mismo— necesita que diga.

Lea sonrió. Pasó su cabello detrás de la oreja, como hacía cada vez que una emoción la sorprendía.
—A veces las cosas perfectas se esconden en los lugares más imperfectos, Arfaxad.

Él asintió, sin apartar la vista del cuadro. Sabía que algo había cambiado dentro de él.

Cuando llegaron a casa de Lea, ella estaba nerviosa. Quería presentarlo con sus padres, pero el corazón le latía con fuerza. Arfaxad intentaba mantener la compostura, aunque las palmas de sus manos estaban húmedas.

—¿Papá? ¿Mamá? —llamó desde la puerta.

Su madre, María, salió de la cocina limpiándose las manos en el delantal.
—Llegaste tarde, hija —dijo con tono de costumbre.

—Le dije a tu madre que seguramente andabas en el mercadito —agregó Martín, su padre, desde el sillón.

—Quiero presentarles a… —empezó Lea, pero Arfaxad dio un paso adelante.

—Buenas noches, señor, señora. Mi nombre es Arfaxad. ¿Podría hablar con ustedes un momento?

María frunció el ceño, un tanto confundida.
—¿Qué hiciste, Lea? —preguntó con inocencia—. ¿Lo golpeaste o qué?

—¿Perdón? —Arfaxad sonrió con amabilidad—. No, señora. Su hija no ha hecho nada malo.

Lea soltó una risa nerviosa.
—Mamá, por favor…

Arfaxad respiró hondo. Había repasado esas palabras varias veces en su mente, pero cuando las dijo, lo hizo con la sinceridad de quien no pretende convencer, sino abrir el corazón.

—Como les decía, mi nombre es Arfaxad. No soy de aquí, nací y crecí en Londres. Pero desde que llegué a esta ciudad, su hija ha sido una bendición. Me ayudó más de lo que imagina, y no solo a adaptarme: me dio razones para quedarme. Su amabilidad, su fuerza, su forma de ver la vida… me han inspirado más de lo que podría explicar. Por eso estoy aquí. Quiero pedirles permiso para poder salir con ella, para que me permitan ser su novio.

Martín lo observó con una seriedad exagerada.
—¿Y te gusta el fútbol? —preguntó de pronto.

Lea abrió los ojos sorprendida.
—Papá, no empieces…

—¿Qué tiene? —dijo él con fingida inocencia—. Si mi hija va a tener novio, quiero saber si le va al mismo equipo que yo.

La tensión se rompió. Arfaxad sonrió con elegancia.
—Sí, señor, me gusta mucho el fútbol.

—¿Ah, sí? ¿Y a cuál le vas? —insistió Martín, cruzándose de brazos.

—Bueno —contestó Arfaxad, conteniendo una risa—, crecí en Londres… así que soy aficionado a uno de los tantos equipos de allá.

Martín asintió con una sonrisa cómplice.

—Mejor así —dijo—, esos equipos locales me traen puros disgustos.

Lea negó con la cabeza, divertida, mientras su madre sonreía desde la cocina. La tensión había desaparecido por completo, dejando el ambiente lleno de calidez.

—¿Y dónde vives, Arfaxad? —preguntó María con voz más cálida.

—En San Pedro, señora. Trabajo como curador en un museo, aunque mi verdadera pasión es la pintura. Y debo confesar que, desde que su hija apareció en mi vida… y desde que vi ese cuadro hoy, siento que finalmente he encontrado mi rumbo.

Lea lo miró en silencio, con una mezcla de orgullo y ternura. En su voz había una verdad transparente, limpia, sin pretensión.

Esa noche, el hogar sencillo de los padres de Lea se convirtió, para Arfaxad, en algo más que un punto en el mapa: fue el primer lugar donde sintió que podía quedarse. Porque entendió que la inspiración no siempre se encuentra en los museos, ni en los grandes lienzos… a veces vive en un cuadro imperfecto, o en la mirada de una mujer que te enseña, sin quererlo, lo que es amar.

Aquella noche fue distinta a cualquier otra. La cena, las risas, las miradas cómplices… todo parecía fluir con una naturalidad que hacía tiempo Arfaxad no sentía. En la mesa sencilla de aquella casa, redescubrió algo que había olvidado: la calidez de una familia.

Los padres de Lea lo hicieron sentir como en casa desde el primer instante. No hubo juicios ni preguntas incómodas, solo ese trato amable que nace cuando alguien logra ganarse la confianza sin esfuerzo. Martín lo escuchaba con atención, María lo observaba con ternura, y Lea, entre ambos, irradiaba orgullo. Sabían que su hija era responsable, firme, enfocada. Tenían plena confianza en que nada podría distraerla de sus metas, ni siquiera aquel extranjero que ahora formaba parte de su sonrisa diaria.

Y así fue como, sin decirlo, comenzaron a verlo como un integrante más de la familia.

—Bueno, señores, debo despedirme… —dijo Arfaxad con cierta tristeza, al ver que el coche que había pedido ya lo esperaba afuera.

—No nos llames "señores" —respondió María con dulzura—. Estamos en confianza, llámanos por nuestros nombres. Y gracias por la miel, fue un hermoso detalle.

Lea sonrió, orgullosa.
—Te dije que lo iban a apreciar —susurró.

Salieron juntos. El aire fresco de la noche los envolvía con un silencio casi perfecto, solo roto por el sonido lejano de los grillos y alguna risa que se escapaba de las casas vecinas. Lea caminaba despacio, sin querer que el momento terminara.

—Gracias por hacer eso —dijo ella, con voz tierna—. Si solo los hubiera preparado yo, tal vez habría sido difícil, pero te los ganaste.

—Sentí que era importante —contestó él, mirándola con una mezcla de calma y pasión—. Quiero ayudarte en todo, Lea. Vi que estabas nerviosa, y supe que debía hacerlo. Quise hablar con ellos yo mismo porque… tú eres importante para mí. Eres perfectamente mi sueño, y no quiero despertar. No quiero dejarte ir. Quiero que sepas cuánto vales para mí, y que por eso pedí permiso. Tal vez aquí ya no se acostumbre, pero pensé que sería un gesto sincero.

Lea lo miró a los ojos, sintiendo un nudo en la garganta.
—Eres único, Arfaxad —murmuró.

Él tomó su mano y la besó con delicadeza antes de caminar a donde tomaría el coche. Y en ese gesto, simple pero profundo, algo se selló entre ambos: una promesa silenciosa.

De camino a casa, Arfaxad no podía dejar de pensar en lo que había vivido. La ciudad se veía distinta desde la ventanilla del auto. Las luces de Monterrey parecían más cálidas, más cercanas. Por primera vez no se sintió un extranjero, sino parte de algo.

Antes, viajar era su refugio. Cada ciudad —Londres, Madrid, París, Nueva York— había sido un intento de huir del vacío. Pero ahora, sin buscarlo, había encontrado en esa ciudad rodeada de montañas algo que ninguna capital del mundo le había ofrecido: pertenencia.
Monterrey ya no era una escala. Era su hogar.

Al llegar a su departamento, dejó las llaves sobre la mesa y miró el cuadro que Lea le había regalado. Lo colocó en la entrada, justo donde la luz cálida del pasillo caía sobre él.

Quería que todos los que entraran pudieran verlo, pero sobre todo, quería verlo él mismo cada día. Era más que un cuadro; era un símbolo. Una pieza que, sin saberlo, había cambiado su manera de mirar el arte… y la vida.

Se sirvió una copa de vino, apagó las luces del resto del departamento y se sentó frente al lienzo. Lo observó largo rato, con la mirada del pintor que examina los silencios de una obra. Cada trazo parecía tener intención, aunque estuviera disfrazado de caos. La energía del color, la textura del óleo, el contraste entre lo luminoso y lo sombrío… todo hablaba de un alma compleja, una mente atrapada entre el orden y el delirio.

"Una perfecta mala obra", pensó con una sonrisa. Era precisamente en su imperfección donde residía su fuerza.

Y así, rodeado de silencio, entendió que no estaba mirando una pintura: estaba contemplando una revelación.

Esa noche no pudo dormir.

El pensamiento de Lea lo perseguía como una melodía que se negaba a apagarse, suave, insistente, casi hipnótica. No importaba cuánto intentara cerrar los ojos; su mente volvía a ella, a su voz, a la forma en que pronunciaba su nombre con ese tono entre dulce y seguro.

Ya no era solo la mujer que servía café en una esquina de la ciudad, ni aquella figura que el destino había cruzado por casualidad. Lea se había convertido en algo más que un recuerdo o una inspiración: era su presente, su destino, su calma en medio del ruido.

Encendió la lámpara de noche. La luz cálida apenas rozó los lienzos apilados contra la pared. Sobre la mesa estaba el cuadro que habían comprado juntos aquella noche del mercadito, el mismo que había cambiado el rumbo de su historia.

Se acercó. Lo observó en silencio. El trazo parecía respirar con vida propia, y por un instante creyó escuchar la risa de Lea mezclada con el murmullo lejano de la lluvia que caía sobre la ciudad.

Tomó el teléfono. Dudó unos segundos —no quería sonar impulsivo, pero tampoco podía seguir callando—. La necesitaba cerca, aunque fuera en palabras.

Escribió despacio, con el corazón latiendo al ritmo de la nostalgia:

"Estoy viendo el cuadro y me he dado cuenta de dos cosas. Primero, que el arte realmente es mi pasión: estudié lo correcto. Y segundo, que sin ti, esa pasión no existiría. Me perdí en tantas ciudades, en trabajos brillantes, pero vacíos. Tú me hiciste reencontrar el porqué. Te amo."

Leyó el mensaje varias veces antes de enviarlo. No había vuelta atrás. Era breve, pero contenía todo: el reconocimiento, la gratitud, y un amor que no había planeado sentir tan pronto.

Presionó "enviar" y el pequeño sonido del teléfono vibró en la habitación como un eco que confirmaba su entrega.

Mientras tanto, Lea estaba ya en su cama. La habitación en penumbra, las cortinas entreabiertas dejando pasar un hilo de luz de la calle. Estaba a punto de dormirse cuando sintió el zumbido del celular sobre la mesita.

Lo tomó con una sonrisa somnolienta, sin imaginar lo que leería.

Al ver el mensaje, su respiración cambió. Lo leyó una vez… luego otra… y otra más. Sus manos temblaron ligeramente. Aquellas palabras, tan sencillas y tan verdaderas, le abrieron una ventana directa al alma de él. No tenían tanto tiempo juntos, y sin embargo, Arfaxad ya había cruzado el umbral que muchos temen siquiera rozar: había dicho te amo.

Lea se quedó mirando la pantalla, con el corazón latiendo rápido. No por miedo, sino por la certeza de que algo grande estaba creciendo entre ellos, algo limpio, sin pretensiones.
Para ella, el amor no era un impulso ni un juego. Era una decisión. Una elección consciente, una promesa silenciosa de entrega sin condiciones. Amar, para Lea, no era poseer: era acompañar. No era exigir: era comprender.

Suspiró hondo. Se giró sobre la cama, dejó que el aire tibio de la noche le rozara el rostro y escribió la respuesta más sincera que pudo, sin adornos, sin máscaras:

"Descansa. Estoy dispuesta a amarte, y a ayudarte en lo que necesites."

Envió el mensaje y lo dejó reposar sobre su pecho, como si quisiera sentir el peso de aquellas palabras. Cerró los ojos y sonrió.
Esa sonrisa frágil y luminosa, la misma de aquella primera noche, volvió a dibujarse en su rostro.

La sonrisa de quien, sin saberlo, ya ha entregado el alma.
Y en algún punto de la ciudad, bajo el mismo cielo,
Arfaxad sonrió también, sin razón aparente, como si una
parte de él hubiera oído la respuesta antes de leerla.

Los saltos a la tormenta

Lea había comenzado a trabajar en la empresa que tanto deseaba. Era su sueño hecho realidad, pero también su prueba más dura. Sus estudios estaban casi terminados, y el nuevo puesto le exigía más de lo que había imaginado. No se trataba solo de cumplir horarios o entregar reportes; se trataba de demostrar que pertenecía ahí, que su nombre podía pesar entre los grandes.

Sus días se habían vuelto una carrera sin pausas. Dormía poco, comía rápido, hablaba siempre con prisa. En su corazón seguía habitando Arfaxad, pero el amor empezaba a ser algo que tenía que administrarse entre pendientes, cafés fríos y correos sin leer.

Y él… él la esperaba.

Esa noche, sentado frente a la ventana del estudio, Arfaxad le escribió:
—¿Te gustaría ir a cenar más tarde?

El mensaje quedó flotando en la pantalla como una plegaria sin respuesta. Pasaron minutos, luego horas. La noche avanzaba y el teléfono seguía inmóvil.

La pintura fresca en el caballete olía a cansancio. Las luces del museo se apagaban en su memoria como si apagaran también una parte de su vida. Seguía pintando, sí, pero los colores habían perdido sentido. Lo que antes era impulso ahora se sentía como rutina; cada trazo parecía un intento desesperado de llenar el silencio que ella había dejado.

Pensaba en Lea constantemente. En cómo su voz se había vuelto escasa. En cómo su ausencia ya no dolía con punzadas, sino con un vacío sordo que lo seguía a todas partes. Había encontrado inspiración, proyectos, bocetos, incluso nuevas oportunidades, pero nada de eso lo mantenía en pie. Sin ella, todo parecía un ejercicio inútil.

El teléfono vibró por fin, casi a medianoche.
"Tengo que entregar un reporte hoy. Dormiré en casa de una compañera para ir temprano a la escuela mañana. Te veo después."

El mensaje era frío, funcional, sin emoción.
Él lo leyó una y otra vez, como si buscara entre las letras alguna señal escondida, un cariño disimulado. No la encontró.
Apagó el teléfono. Lo dejó sobre la mesa. Y el silencio lo envolvió entero.

Por primera vez en mucho tiempo, no supo qué hacer con sus manos.

Mientras tanto, Lea hablaba con una compañera en la oficina.
—Si no entiende que te estás superando, no sé por qué sigues con él —dijo la otra, con ese tono impaciente que tienen quienes no comprenden la ternura.
—No es que no lo entienda —respondió Lea, sin levantar la vista del monitor—. Él sabe lo que he luchado por esto. Solo creo que… estamos en momentos diferentes del amor.

Su voz era tranquila, pero sus ojos tenían esa tristeza que se aprende cuando uno ama a alguien que empieza a quedarse atrás.

Arfaxad comenzó a fallar. Pequeñas cosas, errores mínimos: una entrega mal hecha, un correo sin enviar, un olvido. Pero detrás de esos detalles había algo más profundo: una mente deshecha por dentro.

Se sorprendía a sí mismo mirando las manos por minutos, sin recordar lo que hacía. En el museo lo veían ausente, distraído. A veces alguien lo llamaba por su nombre y él tardaba en responder, como si viniera de muy lejos.

Por las noches, la ansiedad se le trepaba al pecho.
El pensamiento de Lea se le metía como un ruido constante, como un eco que no se apaga ni dormido. No la culpaba; admiraba su esfuerzo, su hambre de superarse. Pero dentro de él crecía una pregunta oscura que no se atrevía a pronunciar:
¿Y si ya no me necesita?

Hasta que un día, su jefe lo llamó al despacho.
—¿Puedes venir un momento, Arfaxad? Cierra la puerta.

El aire era pesado, el silencio insoportable.

—Necesito que tomes tus cosas —dijo el hombre sin rodeos—. No estás concentrado. Has hecho un buen trabajo, pero últimamente solo provocas problemas. Este no es el lugar para perderse.

"Perderse." Esa palabra le dolió más que el despido.

—Puede pasar por su carta de recomendación cuando guste —añadió el jefe, sin mirarlo a los ojos.

Arfaxad asintió, pero dentro de sí algo se quebró.
Al salir del edificio, sintió que el mundo se desmoronaba sin ruido. Era como si su cuerpo siguiera caminando, pero su alma se hubiera quedado encerrada en ese despacho.

No llamó a Lea. No podía.
El orgullo y la vergüenza se le mezclaban con el miedo.
No quería sonar como un hombre roto, aunque ya lo estaba.

Pidió un auto y fue al Parque Fundidora.
Caminó hasta una loma cubierta de pasto y se dejó caer, exhausto. El cielo de Monterrey se oscurecía poco a poco. En las bocinas del parque sonaba música clásica: violines, suaves, lejanos.

—Cuánta falta me hacen… —murmuró mirando hacia arriba, imaginando los rostros de sus padres—. Este era mi hogar… pero ahora no sé dónde pertenezco. Ella… ya no quiere estar conmigo.

Sintió una punzada en el pecho. No era celos. Era miedo.
El miedo profundo de ser olvidado por quien te conoció de verdad.

El pensamiento lo atormentaba: ella crecía, avanzaba, subía peldaños. Él, en cambio, retrocedía.
Y esa idea lo devoraba.

Por más que lo entendiera —porque lo entendía—, su corazón se negaba a aceptarlo. Amarla significaba querer su

bien, pero ese bien parecía alejarla cada día más.
El amor, se dio cuenta, no siempre sabe esperar.

A veces el amor es egoísta.
Y a veces, el egoísmo es solo otra forma de dolor.

Aquella noche, desde su cama vacía, escribió con dedos
temblorosos:
"Lea, necesito hablar contigo."

La respuesta llegó más tarde:
"Claro que sí, Arfa. Hoy salgo a las seis. Puedes venir por
mí y vamos a cenar."

"Arfa."
Hacía semanas que no lo llamaba así.
El diminutivo, tan simple, tan cotidiano, lo atravesó como
un rayo. Esa palabra lo rescató del abismo por unas horas.

Llegó temprano al edificio. Se quedó de pie afuera,
observando las puertas giratorias, la gente entrando y
saliendo con prisa. Sujetaba el celular con fuerza, como si
ese pequeño aparato pudiera devolverle la paz.

El mensaje no llegaba.
La impaciencia le quemaba el estómago.
El ruido de la ciudad lo irritaba. Todo lo que antes amaba
—la energía, las luces, el movimiento— ahora le parecía
insoportable.

Y entonces, sonó el teléfono.
"Perdóname, en serio. Tengo una junta. Me tardaré como
una hora y media. No quiero hacerte esperar... ¿te veo
luego?"

El mensaje fue un golpe seco.

Sintió el calor subirle al rostro, la frustración ahogarlo.

Pateó un bote de basura. El ruido metálico lo devolvió a la realidad por un instante. La gente lo miró, pero él no vio a nadie.

—Lo mismo que odiaba de Nueva York… está aquí también —murmuró entre dientes—. El ruido, la prisa, el vacío.

Sacó el celular y empezó a buscar vuelos. Cualquier lugar, menos ahí. París, Madrid, Londres. No quería destino, solo escape.

Sus dedos temblaban sobre la pantalla.

Y justo cuando estaba a punto de presionar el botón de compra, escuchó una voz detrás de él:

—¡Arfa! ¿Todavía me esperaste?

Lea.

Venía corriendo, con el cabello suelto, el rostro iluminado, los ojos llenos de esa luz que solo ella tenía. Lo abrazó con una fuerza que desarmó su enojo.

Para ella, esa espera era amor.

Para él, hasta un segundo antes, había sido desesperación.

—Gracias por no irte —le susurró—. No quería que te cansaras de mí. Te amo.

Y ese "te amo" lo partió en dos: entre la culpa y el alivio.

Se sentaron en un banco cercano. Ella lo miró con esa dulzura cansada que solo los días largos dejan en el rostro.

—Es que necesitaba hablar contigo —dijo él, con voz baja, derrotada—. Me despidieron del museo. Perdí el rumbo, Lea. No sé qué estoy haciendo con mi vida.

Ella lo escuchó sin interrumpirlo.

—Arfa —dijo por fin, tomando su mano—. No lo necesitas. No necesitas trabajar para nadie. Tú naciste para crear. Tal vez esto no es una pérdida… es una señal.

Él la miró, sin entender del todo.

—Tu mente te lo estaba gritando —continuó ella—. Ya no querías estar ahí. Esto es lo que eres: arte, color, movimiento. Lo demás solo te estaba robando el alma.

Sus palabras lo atravesaron.
Y por un momento, creyó que quizá tenía razón.

—Hace una hora —confesó con voz rota—, estaba a punto de irme de esta ciudad. De verdad pensaba desaparecer.

—¿Qué? —preguntó ella, sorprendida.
—Perdóname. No estaba pensando con claridad. Sentía que todo se derrumbaba, que ya no tenía motivos para quedarme, que te estaba perdiendo. Pero el problema era yo. Tú no me alejaste, yo me solté.

Lea lo abrazó con fuerza.

—Entonces los dos estamos aprendiendo —dijo con ternura.

Y él entendió que, a veces, amar también es aprender a esperar bajo la lluvia.

Pasaron los meses, y Lea creció rápido en la empresa. Su disciplina, su puntualidad y su empeño la convirtieron en un ejemplo entre los demás empleados. Antes de su graduación ya no era pasante: había conseguido un puesto fijo, ganado con desvelos, sacrificios y esa determinación suya que transformaba el cansancio en fuerza.

Los días eran largos, las noches cortas, pero nunca dejaba de escribirle a Arfaxad.

A veces solo mandaba un mensaje breve: "Ya terminé, te pienso."

Otras noches, cuando la fatiga le pesaba en los ojos, lo llamaba para escucharlo respirar al otro lado del teléfono.

A pesar del tiempo, la distancia y el cansancio, el amor se mantenía, como una llama pequeña que resiste incluso en el viento.

Una tarde, al salir de su trabajo, Lea lo abrazó con una emoción que no podía contener.

—¡Arfa, mañana es mi graduación! —dijo, riendo como una niña.

El eco de su alegría llenó la habitación.

Arfaxad sonrió, acariciándole el cabello.

—Mañana en la tarde te veo en tu graduación —dijo con voz suave—. Te tengo una sorpresa.

Lea arqueó una ceja, divertida.

—¿Otra sorpresa? Me asusta cuando dices eso.

—Esta vez te va a gustar —respondió él con ternura—. Y no, no pienso darte pistas.

Pero Arfaxad llevaba semanas planeando ese momento. No era una simple sorpresa: era el día que había esperado desde que la conoció. Quería que quedara grabado en su memoria como el día en que todo el esfuerzo de Lea se transformó en recompensa.

Al amanecer, pasó por casa de Martín y María. Les pidió que lo acompañaran, sin dar demasiados detalles.

El trayecto fue tranquilo, pero cargado de emoción. Monterrey amanecía cálido, con un cielo despejado que parecía sonreírles. María iba callada, mirando por la ventana con las manos entrelazadas sobre el regazo. Martín, con su serenidad habitual, solo dijo:

—Parece que hoy el sol salió solo para mi hija.

Llegaron a la agencia de autos y Arfaxad bajó con paso decidido.

Sabía exactamente lo que quería: algo que no fuera lujo, sino símbolo.

Un regalo que hablara de apoyo, de libertad, de amor.

El vendedor los saludó con entusiasmo y comenzó a mostrar modelos. Arfaxad los observó sin decir palabra, hasta que uno de ellos lo detuvo. Era un vehículo azul océano, brillante, pulcro, con líneas elegantes y firmes. Exactamente el tono del vestido que Lea había usado la noche de su primer paseo juntos por el mercadito.

—Ese —dijo sin pensarlo.

El vendedor asintió y le explicó los detalles, pero él apenas escuchaba. Ya lo veía todo en su mente: la ceremonia, el aplauso, la emoción en los ojos de Lea al recibir las llaves. Mientras firmaba los papeles, les explicó a Martín y María el plan completo.

—Aún no se lo he dicho —comenzó—, pero quiero compartirlo con ustedes.
Ya coordiné todo con la agencia: el auto llegará hoy directo al campus, con un representante que hará la entrega. Quiero que sea una sorpresa total, algo que ella nunca olvide.

Hizo una pausa. El brillo en sus ojos hablaba más que sus palabras.

—Después mañana temprano quiero llevar a Lea a Santiago, al mismo sitio donde tuvimos nuestro primer día juntos. Mandé colocar un letrero frente al mirador, con un mensaje para ella. Cuando lo lea, quiero que se gire y me vea de rodillas, con el anillo que fue de mi madre. Ese anillo simbolizó el amor eterno entre mis padres. Quiero que también sea el nuestro. Pero antes, necesito su bendición.

María no pudo contener las lágrimas. Se llevó las manos al rostro, emocionada.
—Ay, Arfaxad... no sabes cuánto soñamos con ver a Lea así de feliz.
Martín, con la voz entrecortada pero firme, añadió:
—Yo solo le pedí a Dios que mi hija encontrara a quien la amara y la cuidara tanto como yo lo he hecho. Si ese hombre eres tú, entonces mi alma está tranquila.

El aire se llenó de un silencio hermoso. No hacía falta decir más.

Arfaxad sintió que el peso de todos sus miedos se disolvía. Por primera vez en mucho tiempo, no había sombras ni fantasmas del pasado. Solo la certeza de estar haciendo lo correcto.

Esa tarde de la graduación el cielo estaba despejado, luminoso, como si la ciudad entera compartiera la alegría. Monterrey olía a flores recién cortadas y a tierra caliente. En el aire se respiraba celebración.
Lea estaba radiante. Su vestido blanco caía sobre su figura con elegancia sencilla. Había recogido su cabello dejando suelto un mechón rebelde que el viento acariciaba sin permiso.

En el auditorio, los aplausos y las risas llenaban el espacio. Arfaxad la buscaba entre la multitud, impaciente, sintiendo que cada minuto lo acercaba al momento más importante de su vida.
Cuando por fin pronunciaron su nombre entre los graduados con mención honorífica, el corazón le golpeó el pecho como si fuera a romperle las costillas.

Lea subió al estrado para pronunciar el discurso final. Al principio su voz tembló, pero pronto se volvió clara y firme, como si cada palabra estuviera escrita en su destino:

—Hoy cerramos un capítulo importante —dijo mirando a sus compañeros—, pero el verdadero camino empieza ahora. La vida allá afuera no espera ni perdona la indecisión. No esperen que el mundo les entregue lo que creen merecer; luchen por ello.
La felicidad no se hereda ni se compra: se construye.

Habrá días de lluvia y otros de sol, pero en ambos hay belleza si uno sabe mirar.
No teman equivocarse. Teman dejar de intentarlo.
Y recuerden: no todo salto lleva a un lugar seguro… algunos nos enseñan a volar.

El auditorio estalló en aplausos.
Arfaxad se levantó de su asiento con lágrimas contenidas.
—¡Esa es mi Lea! —gritó entre risas y emoción—. ¡La mujer más valiente del mundo!

Ella lo buscó entre la multitud.
Al encontrarlo, se recogió el cabello detrás de la oreja —ese gesto suyo tan característico— y sonrió.
"Realmente lo amo", pensó, sintiendo que todo lo vivido tenía sentido.

Al final de la ceremonia, Arfaxad la esperaba afuera.
—Te tengo una sorpresa —le dijo, tomando su mano—. Para premiar tu gran trabajo… bueno, te tenemos, tus padres y yo.

Martín y María se miraron con complicidad, sabiendo que la sorpresa estaba a punto de revelarse.
Lea lo miró con curiosidad.
—No necesito nada más que tú estés a mi lado — respondió, tratando de sonar seria, aunque la emoción la delataba.
—Aun así, acompáñame al estacionamiento. Ya debe estar llegando.

Caminaron tomados de la mano, mientras el cielo se teñía de tonos naranjas y violetas.
De pronto, un vehículo azul océano se detuvo frente a

ellos. El motor se apagó y de él descendió un hombre uniformado, con una sonrisa amable y un pequeño estuche de terciopelo entre las manos.

—Buenas tardes, señorita. Felicidades por su graduación —dijo, extendiéndole el estuche.

Lea lo tomó, desconcertada. Dentro estaban las llaves nuevas, brillando con la luz del atardecer.
—¿Qué es esto? —preguntó, mirando de reojo a su madre.

—Felicidades, hija —dijo María, conteniendo las lágrimas.
—Te lo mereces —añadió Martín, orgulloso.

Lea giró hacia Arfaxad.
—Arfa… no puede ser.

Él asintió con una sonrisa leve.
—Es tuyo, amor. Quiero que tengas algo que te ayude a seguir cumpliendo tus metas, que no tengas que preocuparte por el camino. Te lo ganaste.

Lea soltó un grito que se mezcló con la brisa. Lo abrazó con fuerza y comenzó a reír entre lágrimas.
A su alrededor, la gente empezó a aplaudir. Algunos sacaron sus teléfonos para grabar la escena.

—No puedo creerlo… ¡es perfecto! —dijo ella, con la voz quebrada por la emoción.
Él la sostuvo del rostro y le susurró:
—No, perfecta eres tú.

El cielo de Monterrey ardía sobre ellos cuando se subieron al auto.

Adentro olía a nuevo, a esperanza, a futuro.
Lea encendió el motor con manos temblorosas.
En la guantera, encontró una pequeña nota doblada con la caligrafía de Arfaxad.

"Hoy conduces tú..."

Ella sonrió, con lágrimas que ya no eran de cansancio, sino de gratitud.
Mientras el vehículo azul se alejaba entre los aplausos,
Arfaxad miró por la ventana y pensó que, por fin, su vida había tomado sentido.
Aquel era el comienzo de un nuevo salto:
el salto a la promesa, donde el amor parecía indestructible,
y la vida, una obra maestra recién empezada.

Los saltos a la Luz

Muy temprano, cuando el sol apenas comenzaba a iluminar los cerros, Arfaxad ya estaba despierto. Apenas había podido dormir esa noche; la emoción lo tenía en vela, repasando mentalmente cada detalle del día que tanto había esperado. Los padres de Lea, que lo habían recibido con cariño, le habían permitido dormir en un sillón frente al cuarto de ellos, justo al lado del de Lea. Aun en medio de la quietud del amanecer, su corazón no dejaba de latir con fuerza.

Había acordado con Martin y María que saldrían temprano rumbo a Santiago. Ellos, junto con la pequeña Esther, llegarían antes para asegurarse de que todo estuviera listo en la presa, justo donde se colocaría el letrero que lo cambiaría todo.

Cuando Lea salió de su habitación, el día se volvió aún más brillante. Llevaba un vestido claro, sencillo pero elegante, y el cabello suelto, con algunos mechones que el viento movía suavemente. Arfaxad la observó maravillado, como si la viera por primera vez.

—¿Quieres manejar tú? —preguntó Lea mientras giraba las llaves de su carro nuevo entre los dedos.

—No —respondió con una sonrisa nerviosa—. No sé manejar. Nunca he querido hacerlo.

—Entonces, yo conduzco —dijo ella riendo, y subió al auto con esa naturalidad que a él tanto lo desarmaba.

El trayecto fue tranquilo. A esa hora, la ciudad apenas despertaba y el camino rumbo a Santiago parecía una postal: los cerros cubiertos de bruma, los puestos de carretera abriendo, el olor a pan recién horneado, y ese silencio cómodo que solo tienen las almas que se entienden sin palabras.

Se detuvieron en una fondita al borde del camino, donde el olor a café de olla y a tortillas hechas a mano llenaba el aire. Compartieron el desayuno entre risas, recordando cómo sus primeros días juntos habían sido tan simples y felices. Para él, no había nada más valioso que verla sonreír entre los sonidos cotidianos de ese lugar.

Después del desayuno, siguieron su camino hasta el mirador. El aire fresco de la sierra los envolvía, y las hojas de los árboles se movían al ritmo del viento. Arfaxad se sentía más nervioso a cada paso, pero logró mantener el secreto.

Mientras caminaban tomados de la mano, Lea se detuvo por un instante y señaló con una sonrisa el mismo punto donde, un año atrás, le había hecho una pregunta que ahora cobraba un nuevo sentido.

—¿Recuerdas que hace casi un año y medio, justo aquí en el mirador, te pregunté si te veías viviendo en Monterrey toda la vida? —dijo, con una nostalgia dulce en la voz.

—Claro que lo recuerdo —respondió él, mirándola con ternura—. Y sigo pensando lo mismo. Estoy dispuesto a tener mi hogar donde tú estés.

Ella sonrió, y como de costumbre, llevó su cabello detrás de la oreja. Ese gesto, tan suyo, era para él una confesión muda, un "te amo" que no necesitaba sonido.

—Mira… —dijo Lea, inclinándose hacia los binoculares fijos del mirador, esos grandes, de cuerpo metálico, anclados al suelo—. Allá están… parece que ese es mi papá, y esa es Esther… ¡mira! A alguien le están proponiendo matrimonio.

Su voz se quebró en un suspiro curioso. Y cuando giró para ver a Arfaxad, el aire se le detuvo en el pecho.

Él estaba de rodillas, con un pequeño estuche de terciopelo azul entre las manos. Dentro, un anillo resplandecía con una pureza que parecía atrapar toda la luz del mediodía: un diamante de corte ovalado, rodeado de diminutos destellos de piedra clara sobre oro pálido, elegante y perfecto. Era el anillo que perteneció a su madre.

Los ojos de Lea se llenaron de lágrimas al instante. El tiempo se detuvo. La brisa soplaba suave, pero su respiración se volvió pesada.

—Sé que no he sido lo mejor para ti —empezó Arfaxad, su voz temblando—. A veces te he exigido más cuando tú ya estabas dando todo. Pero no tengo palabras para decirte cuánto te admiro, Lea. Admiro tu fuerza, tu forma de pelearle a la vida, tu capacidad de levantarte cada vez que el mundo intenta derribarte. Admiro que nunca has dejado que las circunstancias decidan por ti.

Hizo una pausa, respirando con dificultad.

—Yo no tengo esa fuerza, pero tú me la contagiaste. Desde que te vi aquella vez en la cafetería, supe que no debía seguir buscando nada más. Solo venía de paso, pero tú me hiciste quedarme. Y ahora, lo único que quiero es compartir esta vida contigo, aprender de ti, envejecer contigo. Lea… ¿quieres ser mi esposa?

El silencio se quebró con un sollozo. Ella cubrió su rostro con las manos, y luego lo miró directamente a los ojos.

—Sí… sí quiero —susurró con voz entrecortada.

Él se levantó, colocó el anillo en su dedo y la abrazó con fuerza.

El viento soplaba sobre ellos, trayendo el reflejo del agua desde la presa. Y entre los ecos del paisaje, ambos supieron que ese era el comienzo de algo eterno: la promesa de una vida juntos.

Ambos bajaron de la sierra rumbo a la presa, todavía envueltos en la emoción del momento. El viento traía el eco del agua golpeando las rocas, y a lo lejos se veía a la familia de Lea esperándolos, de pie junto a una banca de concreto. María y Martín habían estado siguiendo la escena desde lejos, pero al verlos acercarse de la mano, comprendieron que la respuesta había sido un "sí".

Lea no pudo contenerse. Corrió hacia sus padres y se arrojó a sus brazos, llorando con una mezcla de alegría y temblor. La pequeña Esther, sin entender del todo lo que pasaba, los abrazó también, contagiada por la emoción.

—Mi amor —dijo Martín, acariciando el cabello de su hija—, queremos que seas feliz. Si esto te hace feliz, te apoyaremos en todo.

Lea asintió entre sollozos.
—Gracias, papá… no sé qué decir. Todo ha pasado tan rápido, pero quiero que sepas que lo amo.

María, con los ojos brillosos, extendió una mano hacia Arfaxad.
—Ven, hijo —dijo con voz suave.

Arfaxad se acercó despacio, aún abrumado por la emoción del momento. María lo abrazó con ternura, y él, con la voz entrecortada, apenas alcanzó a decir:

—Solo quiero que sepan que los amo a todos. No solo a Lea… amo la educación que le han dado, la forma en que la han cuidado. Gracias por aceptarme como parte de su familia.

El silencio que siguió fue cálido. Martín, conmovido, lo abrazó también y le dio una palmada en la espalda.
—Eres un buen hombre, Arfaxad. Y mientras sigas haciéndola feliz, tendrás aquí una casa.

El momento fue sencillo, pero profundamente humano. Allí, junto a la presa, bajo la luz del mediodía reflejándose en el agua, todos entendieron que algo nuevo estaba comenzando. La vida de Lea y la de Arfaxad se habían entrelazado, y nada volvería a ser igual.

Horas más tarde, ya en el auto rumbo a Monterrey, Arfaxad la tomó de la mano.

—Tenemos que empezar a planear la boda —dijo con una sonrisa temblorosa.

—Claro que sí —respondió Lea—, pero antes hay algo que quiero pedirte.

Él la miró intrigado.
—¿Qué cosa?

—Primero, quiero que cumplas tu sueño.
—¿Mi sueño? —preguntó él.

—Tu exposición —dijo ella con firmeza, mirándolo con esa mirada que siempre lo desarmaba—. La galería que tanto has soñado. Quiero que tu gran noche sea antes de la boda. Cuando cumplas eso, entonces empezamos con los preparativos.

Él soltó una pequeña risa, sin saber si era nervios o admiración.
—Pero, Lea… eso tomaría al menos un año de trabajo.

—Lo sé —respondió ella—, por eso hay que apurarse.
Giró un poco hacia él y agregó con serenidad:
—Ya tienes muchas obras terminadas, solo hay que perfeccionar algunos trabajos. Si quieres, puedo ayudarte a organizar el evento. Y de paso, vamos viendo detalles de la boda. Los sábados podemos juntarnos en tu departamento o en mi casa, como antes. Si todo sale bien, en seis meses presentas tu exposición… y en los seis meses siguientes nos casamos.

Arfaxad la miró maravillado.

—Es una promesa, Lea. Te juro que haré las mejores obras que haya pintado.

Lea sonrió y apretó su mano con cariño.

—No lo dudo. Cuando pintas inspirado, nada te detiene.

Durante los siguientes seis meses, Arfaxad se transformó.
Su estudio se convirtió en una extensión de su alma: lienzos apoyados en las paredes, bocetos manchados de color, tazas de café olvidadas entre pinceles, partituras y cuadernos llenos de notas sin sentido para nadie más que para él.
Pintaba de día, de noche, hasta el amanecer.
A veces pasaban tres, cuatro horas sin que se moviera de su sitio.
El tiempo ya no lo medía en días o semanas, sino en trazos, en sombras, en mezclas de pigmento que solo él sabía reproducir.

Lea era su punto de equilibrio.
Su voz, su forma de ordenar el caos, su manera de recordarle que la vida seguía más allá del lienzo.
Aun cuando ella no estaba, su presencia llenaba el estudio, como si la respiración de Arfaxad dependiera de los mensajes que ella enviaba, del eco de su risa colándose por la memoria.
Cada cuadro llevaba algo de ella: un gesto, una idea, un color.
Ella era su musa, pero más que eso: su brújula emocional.
La que le devolvía el norte cuando su mente, atormentada por dudas, empezaba a desviarse.

Lea, por su parte, cumplió lo prometido con una disciplina admirable.

Entre sus jornadas extenuantes y los proyectos que la mantenían hasta la madrugada, encontraba siempre un espacio para el sueño de ambos.

Buscaba salones de exposición, gestionaba presupuestos, llamaba a patrocinadores, enviaba correos con precisión casi quirúrgica.

Era metódica, incansable, y su pasión por ver a Arfaxad brillar la impulsaba más que cualquier ambición personal.

Cuando hablaban por las noches, ella le contaba cada avance con ese entusiasmo contenido que siempre la distinguía.

—Creo que ya tengo una cita con el encargado del centro cultural —le dijo una vez, mientras revisaba documentos desde su laptop—. Si acepta, ese lugar será perfecto.

Arfaxad la escuchaba con el corazón lleno, imaginando el espacio, los muros blancos, la luz filtrándose entre las ventanas.

Y así fue.

Tras semanas de trámites, lograron conseguir el sitio ideal: un centro cultural en el corazón de Monterrey, con grandes ventanales que dejaban entrar la luz de la tarde y paredes limpias que esperaban ser habitadas por las obras.

Era el tipo de lugar donde el silencio no pesaba, sino que se convertía en parte del arte mismo.

Cuando fueron juntos a conocerlo, Arfaxad recorrió las salas despacio, con los dedos rozando el yeso de las paredes, como si en ellas ya pudiera sentir el pulso de su historia.

—Aquí —susurró—, aquí va a respirar todo lo que somos.

Lea lo observó en silencio, y en sus ojos había algo más que amor: había fe.
No en lo intangible, sino en la certeza de que lo que estaban construyendo valía cada sacrificio.

Decidieron fijar la fecha para el 25 de diciembre.
No por tradición, sino por calma.
Era un día en que la ciudad descansaba, las calles se vaciaban, y el ruido del tráfico se apagaba como un telón.
Querían un evento íntimo, sin interrupciones, sin distracciones, donde el arte y el amor pudieran coexistir en su forma más pura.
Solo ellos, sus amigos más cercanos, los padres de Lea y algunos colegas.
Nada más.

Además, habían solicitado un permiso para casarse en el mirador de Santiago, el mismo lugar donde todo había comenzado.
La idea había sido de ella.
—¿Recuerdas ese día? —le dijo una tarde, mientras repasaban los planos de la exposición—. Allí entendí que te amaba. Me gustaría que ahí empiece el resto de nuestra historia.

Él la miró largo rato, sin decir palabra.
Sabía que para Lea, el amor no era promesa ni fantasía, sino decisión.
Y esa decisión, pronunciada con serenidad, valía más que cualquier juramento.

El tiempo siguiente fue una sinfonía de esfuerzo y esperanza.
Él pintaba, ella organizaba.

Él soñaba con luces y sombras, ella con fechas, permisos y nombres impresos en una cartelera.
Ambos trabajaban en armonía, con la misma paciencia con la que se cuida algo frágil.

Cuando finalmente todo estuvo listo, Arfaxad contempló su taller una noche y comprendió lo que Lea había hecho por él.
Lo había empujado a mirar más allá de su tristeza, a reconstruirse, a volver a amar sin miedo.
Su arte, antes ensombrecido por la pérdida y el vacío, se había vuelto una forma de gratitud.

El evento estaba programado para el 25 de diciembre, y por primera vez en mucho tiempo, el calendario no le parecía una condena.
No era una fecha festiva para él.
Era, simplemente, *su día*.
El día en que su arte dejaría de ser un refugio y se convertiría en testimonio.
El día en que él y Lea se mirarían a los ojos y entenderían que, contra todo pronóstico, habían aprendido a volar.

La noche anterior, toda la familia cenó unida. El aroma a café recién colado y pan dulce llenaba la casa. Martín contaba anécdotas mientras María servía los platos. Lea y Arfaxad se miraban en silencio, compartiendo esa calma que solo existe cuando todo parece estar en orden.

—Todo está listo para mañana —dijo Lea, mientras jugaba con el anillo en su dedo.

—Estoy nervioso —respondió él, sonriendo con los ojos encendidos—. Ya tengo todos los cuadros listos, enviamos las invitaciones y la publicidad fue excelente. Hizo una pausa.

—Algunos excompañeros de Londres, Nueva York y París vendrán al evento. ¿Te acuerdas de Arturo? El que estaba conmigo la primera vez que te vi en la cafetería.

—Claro que me acuerdo —dijo Lea, riendo—. El que hablaba sin parar mientras tú fingías escuchar.

Ambos rieron.

—Pues él también vendrá. Lo enviaron de la galería donde trabaja para evaluar mis obras. Si todo sale bien, algunas podrían viajar a Europa.

Lea lo miró con orgullo.
—Arfa… me emociona verte cumplir tus sueños. Todo ha valido la pena.

Martín levantó su taza, con una sonrisa que escondía emoción genuina.
—Brindemos por eso —dijo—, por los sueños que se cumplen y por los que están por cumplirse.

Las miradas se cruzaron, el aire se llenó de esperanza y la noche siguió su curso con una serenidad que parecía eterna.

Llegó el 25. Desde muy temprano, la ciudad amaneció envuelta en una niebla ligera, de esas que parecen flotar entre los cerros. El cielo estaba cubierto, con una llovizna constante que humedecía los ventanales y hacía que el aire oliera a tierra y café recién colado. Para Monterrey, aquel clima era casi un regalo: un frío amable, de suéter ligero, el tipo de día que parece detener el tiempo y hacerlo más íntimo.

Dentro del departamento de Arfaxad, los sonidos eran suaves: el goteo de la lluvia contra el cristal, el ruido de una cafetera eléctrica y la música tenue que acompañaba los últimos preparativos. Todo estaba listo, todo era perfecto. Había pasado meses soñando con ese día, y cada pincelada de sus obras parecía cobrar vida bajo esa luz gris que entraba por la ventana.

—Lea, ¿quieres ir a almorzar? —preguntó él con voz serena, tratando de disimular su nerviosismo.

Ella, concentrada, revisaba en su libreta los pendientes con precisión casi militar.
—No, tenemos que revisar con los proveedores cómo se gestionará el evento. A las doce debo pasar a la galería, confirmar el montaje, revisar la iluminación… aún hay mucho que hacer.

Él la observó unos segundos en silencio. Amaba esa faceta suya: organizada, detallista, incansable. Pero también temía que se olvidara de disfrutar el momento.
—Amor, gracias por todo lo que haces por mí —dijo acercándose a ella—. Pero me encantaría que respiraras. Tomemos un café, unos minutos nada más, y después hacemos todo lo que necesites.

Lea levantó la mirada, dudando un instante, hasta que una sonrisa se dibujó en sus labios.
—Está bien —respondió con un suspiro—, pero solo si tú preparas el café.

Minutos después, estaban los dos sentados frente a la ventana, con tazas humeantes entre las manos, viendo cómo la lluvia dibujaba líneas en el vidrio. No hablaban mucho, pero no hacía falta. Era ese tipo de silencio en el que se dice todo.

Luego, sin perder tiempo, fueron a hacer los últimos trámites para asegurarse de que todo estuviera en orden. Pasaron por el centro cultural donde se haría la exposición: el personal ultimaba detalles, las luces ya estaban calibradas, y los cuadros colgaban impecables sobre los muros blancos. Lea caminaba dando instrucciones con paso firme, saludando a cada técnico por su nombre; era su manera de cuidar a Arfaxad, de asegurarse de que nada empañara ese día.

Después de varias horas, ella lo llevó a su departamento para que terminara de arreglarse. El aire en el carro era una mezcla de emoción y calma, una sensación de haber llegado al punto exacto donde los sueños y la realidad se tocan.

—Hoy será un gran día —le dijo ella antes de bajarse.
—Hoy empieza nuestra vida —respondió él, sin saber que esas palabras resonarían tanto tiempo en su memoria.

Ella se fue rumbo a su casa, y él se quedó viendo cómo su silueta se perdía entre la llovizna. Subió al departamento, se sirvió un poco de vino y encendió el televisor para distraerse. Pero su mente estaba en otro sitio: recordando cada paso que los había llevado allí. Pensó en la cafetería, en los tacos, en el mirador, en su risa cuando lo llamaba "Arfa". Pensó en todo lo que había cambiado desde que ella apareció en su vida, y en cómo ese día sería el primero de muchos.

Mientras se abrochaba los botones de su camisa azul, escribió un mensaje:

—Te amo. Hoy siento que todo encaja, que la vida por fin tiene sentido. No sé si el arte me llevó a ti o si tú me enseñaste a entenderlo, pero cada color que uso ahora tiene tu nombre. Todo lo que era vacío tomó forma desde que llegaste. Si mis manos crean, es porque mi corazón te recuerda. Eres la razón por la que respiro despacio, la calma que necesitaba para no huir más.

Luego guardó el teléfono sobre la mesa, miró su reflejo en el espejo del pasillo y respiró hondo. La camisa azul era su favorita, la que Lea le había elegido en su cumpleaños. "Te hace ver como si llevaras el cielo puesto", le había dicho riendo aquella vez. Y eso pensó ahora: que esa noche el cielo se vestiría de azul, y que todo tendría sentido si ella estaba a su lado.

Lea, en su casa, terminaba de vestirse frente al espejo. Su cabello caía sobre los hombros con un brillo que contrastaba con la luz gris que se filtraba por la ventana. Había elegido un vestido sencillo, de un tono cálido que hacía juego con su piel. Mientras se ponía los aretes, pensó en Arfaxad, en cómo ese hombre reservado y extranjero se había convertido en el centro de su mundo. Sonrió sin darse cuenta, esa sonrisa que solo aparecía cuando pensaba en él.

Tomó su celular y escribió:

—Estoy muy orgullosa de ti, Arfa. Cuando te conocí eras un hombre tímido, un poco perdido, con los ojos cansados de buscar un lugar al que pertenecer. Y ahora mírate: convertido en lo que siempre fuiste sin saberlo. Luchador, valiente, un artista que no pinta por vanidad, sino porque necesita decirle al mundo que el dolor puede transformarse en belleza. Me enamora tu mente, tu entrega, tu forma de mirar la vida como si cada día fuera una obra que merece ser terminada.

Leyó lo que había escrito, respiró profundo, y añadió una última línea, más sincera que cualquier promesa:
—Y si algún día nos perdiéramos en el espacio o en el tiempo, te buscaría hasta encontrarte, porque contigo decidí ser feliz, y no me equivoqué.

Arfaxad leyó el mensaje varias veces. Le temblaron las manos. Por un instante, el mundo pareció detenerse: solo estaban esas palabras, su voz escrita, la certeza de que había encontrado el amor verdadero. Apoyó la frente contra el vidrio de la ventana, y en el reflejo de la lluvia vio su propio rostro sonriendo. Le escribió con el corazón latiéndole fuerte, como si cada palabra fuera una pintura recién nacida:
—Gracias, amor. No sabes cuánto significan tus palabras. Eres mi inspiración, la voz detrás de cada pincelada. Antes pintaba por costumbre, ahora lo hago porque tú existes. Tú eres la línea que me guía, la sombra que equilibra mis colores. Te amo con cada parte de lo que soy. Estoy casi listo.

—Perfecto —contestó ella—. Ya salgo de casa.

Lea tomó las llaves del coche nuevo, el mismo que él le había regalado. Se detuvo un momento en la puerta, observando el reflejo de la luz en la carrocería azul océano. Sonrió. Aquel regalo no era solo un auto, era una promesa de futuro, una prueba silenciosa de que los sueños podían tocarse. Subió al vehículo, encendió el motor y condujo con serenidad, dejando que la llovizna acompañara sus pensamientos. Todo le parecía distinto esa tarde: el cielo, las calles, la música que sonaba en la radio. Había algo en el aire que olía a comienzo.

Martin y María estaban ya en el centro cultural, ultimando los detalles de la exposición. Querían que nada fallara, que cada luz y cada cuadro estuvieran en su lugar. La pequeña Esther se había quedado en casa de una amiga de la familia, ajena al bullicio adulto, viendo caricaturas mientras comía palomitas.

Lea había avanzado apenas una cuadra cuando recordó que había dejado el anillo —el anillo de la madre de Arfaxad— sobre la cómoda de su habitación. Ese anillo, que representaba más que un compromiso, era un símbolo de unión entre el pasado y el futuro. No podía dejarlo ahí. Dio la vuelta con cuidado y estacionó frente a su casa.

Apagó el motor. Durante unos segundos permaneció dentro, escuchando el sonido constante de la lluvia en el techo del coche. El corazón le latía con fuerza, pero no de prisa, sino de emoción. "Esta noche todo cambiará", pensó, y se le dibujó una sonrisa tranquila.

Tomó su bolso, abrió la puerta y sintió el aire húmedo en el rostro. La calle estaba vacía, solo el murmullo del agua corriendo por las cunetas. Empujó la puerta de su casa, aún con la llave en la mano, y encendió las luces.

La luz llenó el pasillo con un tono cálido y familiar. Dio un paso, luego otro, avanzando hacia su habitación. En su mente solo estaba el anillo, el evento, la sonrisa de Arfaxad esperándola.

Entonces algo brilló, un destello breve, casi como un relámpago sin trueno.
El mundo giró una sola vez.
Y las luces… se apagaron.

Los saltos al vacío

El tiempo seguía avanzando y la tarde se teñía de un gris inquietante. Arfaxad miraba el reloj cada pocos segundos. Eran casi las seis y Lea no daba señales.

El teléfono en su mano mostraba la misma pantalla una y otra vez: llamada finalizada, mensaje no entregado, sin respuesta.

Afuera, el cielo se abría en una llovizna tenue que golpeaba los ventanales del apartamento. Dentro, la televisión seguía encendida, con el sonido bajo, apenas un murmullo entre la ansiedad y el silencio.

Arfaxad intentó concentrarse, pero su respiración se volvía pesada, entrecortada.

—Vamos, contesta... —susurró mientras marcaba de nuevo el número de Lea.

El timbre sonaba, sonaba, y luego el silencio. Otra vez.

En la pantalla del televisor, el noticiero cambiaba de segmento. Una voz femenina, con tono urgente y sin emoción, interrumpió el fondo musical con una frase que partió el aire:

—Última hora. Nos están informando que, en una de las intersecciones de la periferia metropolitana, dos sujetos armados interceptaron a una mujer que viajaba sola en un sedán color azul océano. Según los primeros reportes, los hombres la bajaron del vehículo y dispararon a quemarropa para despojarla de la unidad.

El ruido del televisor llenó la habitación, pero para Arfaxad todo se volvió un zumbido.

El teléfono resbaló de su mano y cayó al suelo con un golpe seco.

—La víctima —continuó la reportera— fue encontrada sin vida a pocos metros del vehículo. Testigos informan que intentó resistirse al asalto. La zona ha sido acordonada por elementos ministeriales. Los agresores huyeron, pero fueron interceptados minutos después en una colonia cercana y ya se encuentran bajo custodia.

El rostro de Arfaxad palideció. Su cuerpo entero se tensó, como si de repente el mundo lo hubiese empujado a un abismo.
Sus ojos fijos en la pantalla, en esa descripción que lo asfixiaba: una mujer, sedán azul océano.
Su mente trató de negar lo evidente.
—No... no puede ser... —murmuró con la voz quebrada.

La cámara mostraba imágenes del lugar. La cinta amarilla ondeaba bajo la lluvia. Los faros de patrullas pintaban de azul y rojo el pavimento húmedo.
El auto... el maldito auto...
Era idéntico.

—Es el carro de… —susurró, pero no pudo terminar la frase.
Sintió que el pecho se le hundía, que el aire no llegaba.
Tomó el teléfono del suelo con torpeza, las manos temblorosas, y antes de poder marcar, el aparato vibró.
Era una llamada entrante.
Martin.

—¿Hijo...? —la voz al otro lado sonaba rota, casi irreconocible.

Arfaxad apenas pudo responder.

—Sí... sí, estoy viendo las noticias... pero... ya estoy listo, necesito que Lea pase por mí, ella dijo que saldría en unos minutos. ¿Sabes dónde está?

Hubo silencio. Luego, un sollozo ahogado.

—Hijo... —dijo Martin, y el temblor en su voz bastó para congelarlo—. Es Lea.

Un golpe seco dentro del pecho, como si su propio corazón lo hubiera traicionado.

—¿Qué...? No, no... no digas eso, por favor.

—La policía me acaba de hablar... —continuó Martin, ahogándose entre lágrimas—. Vamos a identificar el cuerpo, hijo.

—No... no puede ser ella. No. —Arfaxad se levantó bruscamente, los ojos vidriosos, el rostro desencajado—. Ella ya venía por mí, Martin. Ya había salido de casa. Tal vez se detuvo, tal vez perdió el teléfono.

—Arfa...

—¡No! —gritó, golpeando la mesa—. No digas eso, ¡no lo digas! Ella va a llegar. Me prometió que llegaría.

La voz de Martin se perdió entre sollozos. Arfaxad dejó caer el teléfono. Se arrodilló. El aire en el apartamento se volvió pesado, irrespirable.

El televisor seguía encendido. La reportera, con la serenidad cruel de quien lee una tragedia ajena, repetía las palabras que destrozaban su mundo:

—La víctima fue identificada como una joven residente del sector sur. Según versiones, regresaba a su domicilio antes de dirigirse a un evento cultural.

El vaso de agua sobre la mesa tembló.
Afuera, la lluvia se volvió más intensa.
Dentro, el silencio ya no era silencio: era un grito que no encontraba salida.

Arfaxad se cubrió el rostro con ambas manos.
En cuestión de segundos, todo lo que había construido, todo lo que amaba, todo lo que daba sentido a su existencia… se había desvanecido con una sola frase.

Esa noche, la exposición no se inauguró.
Las luces del recinto se quedaron encendidas para nadie.
Y en un apartamento vacío, un hombre miraba el reflejo oscuro de su propio dolor, sin saber aún que, desde ese momento, estaba cayendo.

En el lugar del evento, Arturo fue testigo de la llamada que devastó a Martín y a María. La noticia los encontró en medio de los preparativos finales, entre los últimos ajustes de luces, las copas alineadas sobre las mesas, los catálogos apilados junto a la entrada. Nadie podía imaginar que aquella noche de celebración se transformaría en un funeral no anunciado.

María soltó el teléfono con un grito que pareció arrancársele desde el alma. Martín, a su lado, intentó sostenerla, pero fue él quien terminó cayendo de rodillas. Arturo corrió hacia ellos, sin entender del todo, y solo alcanzó a escuchar entre llantos el nombre de Lea repetido una y otra vez, como si decirlo bastara para mantenerla viva.

El eco de ese nombre llenó la galería. Algunos invitados se acercaron confundidos, otros permanecieron en silencio, conteniendo el aire, presintiendo lo peor. Arturo no supo qué hacer al principio; el mundo parecía haberse detenido entre las luces y el olor a lienzos. Luego, con el rostro desencajado, subió al pequeño estrado y tomó el micrófono.

—Damas y caballeros... —su voz se quebró, y tuvo que detenerse unos segundos para tragar el llanto—. Lamentablemente, el evento queda cancelado por una situación de emergencia. Les pedimos que, por favor, comprendan.

Nadie aplaudió. Nadie preguntó. Solo se escuchó el sonido de la lluvia golpeteando contra las ventanas del recinto. Arturo, todavía temblando, se giró hacia el personal del evento.

—Guarden todo. Cubran las piezas... —dijo, con una voz hueca.

Los empleados comenzaron a moverse lentamente, obedeciendo sin hacer ruido.

El sonido del plástico al deslizarse sobre los cuadros fue un lamento prolongado.

Cada lienzo cubierto era una despedida; cada tela blanca, un sudario.

Las luces, que antes eran cálidas y alegres, ahora parecían observarlo todo con tristeza. La galería, que debía llenarse de aplausos y murmullos de admiración, se volvió un templo vacío, un mausoleo del arte que Lea había ayudado a levantar con sus manos, su fe y su amor.

Las noticias continuaban repitiendo los mismos datos: "El pintor extranjero Arfaxad cancela su exposición tras el trágico asesinato de su prometida en la zona sur-oriente del área metropolitana de Monterrey."

La voz de la reportera era cortante, impersonal, como si no hablara de vidas reales, sino de cifras en una estadística sin rostro.

Afuera, los autos se iban retirando. Nadie hablaba. Los reflectores del estacionamiento mojado proyectaban sombras largas sobre el suelo. Arturo cerró las puertas de la galería con las manos temblorosas. Por un instante se quedó inmóvil, observando las luces apagadas del vestíbulo, y comprendió que esa noche algo se había roto que jamás podría repararse.

Unas horas más tarde, Arfaxad llegó al sitio donde estaban Martín y María. No dijo una sola palabra.
Martín, con el rostro hinchado por el llanto, se acercó a él lentamente, y ambos se miraron en un silencio insoportable.
No hubo abrazos, no hubo gritos. Solo tres cuerpos caminando hacia la misma tragedia.

Subieron al coche sin cruzar palabra. Afuera, Monterrey lloraba con ellos: la lluvia caía incesante, empañando los cristales, borrando las luces de la ciudad como si el cielo mismo no soportara mirar.
El trayecto hasta el forense fue eterno.
Cuando bajaron, María tropezó. Arfaxad la sostuvo sin decir nada.
Ninguno tenía fuerzas para consolar al otro.

El médico los recibió con ese gesto aprendido de quien ha visto demasiado dolor en su vida.
Los condujo a una habitación pequeña, fría, iluminada por una luz blanca que hería los ojos.
Bajo una sábana reposaba el cuerpo de Lea.

Arfaxad no respiraba.

Sus manos colgaban inertes a los costados, y su mirada se clavó en la figura tendida.

No se acercó de inmediato. Dio un paso, luego otro.

El mundo a su alrededor desapareció.

El reloj del pasillo, los murmullos del personal, incluso la voz de María sollozando su nombre… todo se desvaneció.

Solo existía ella, inmóvil, y el ruido sordo de su propio corazón rompiéndose.

Desde que salió de su casa, Arfaxad no había derramado una sola lágrima.

No porque no quisiera, sino porque el alma, cuando se quiebra de verdad, ya no sabe llorar.

El dolor que llevaba dentro era tan profundo que no encontraba forma de escapar.

El médico colocó sobre una bandeja las pertenencias de Lea: un reloj, unos aretes, las llaves del auto, un pequeño dije con forma de luna.

Faltaba algo.

—¿No encontraron un anillo? —preguntó Martín con voz temblorosa.

El médico negó con la cabeza.

—No llevaba ninguno. Tal vez lo dejó en casa.

Nadie lo supo en ese momento, pero el último pensamiento de Lea había sido regresar por ese anillo.

El anillo de la madre de Arfaxad.

El mismo que ella consideraba su amuleto, su promesa, su destino.

Quiso volver por lo que la hacía feliz, por lo que representaba su unión con él.

No alcanzó a hacerlo.

Y allí, en la habitación helada del forense, mientras el
sonido del agua golpeaba las ventanas y las lágrimas de
María caían sobre el suelo, el anillo seguía sobre la cómoda,
en el mismo lugar donde Lea lo había dejado.
Frío. Inmóvil.
Esperando una mano que ya no volvería.
Un testigo silencioso de lo que el destino, en su crueldad,
había decidido arrebatar.

Arfaxad lo comprendió sin necesidad de palabras.
Miró el cuerpo de la mujer que había sido su luz, su
refugio, su musa, y supo que nada —ni el arte, ni el tiempo,
ni la esperanza— volvería a tener el mismo color.
Y así, bajo esa luz blanca e impasible, sin una lágrima, sin
una palabra, su alma entera se quebró en silencio.

Se llegó el día de despedirse de Lea.
Ni Arfaxad ni sus padres habían querido un funeral largo.
No había fuerzas para sostener tanto dolor. El cuerpo fue
entregado dos días después del crimen, y acordaron que
solo estaría unas horas en la funeraria antes de ser llevado
al cementerio.
Todo debía hacerse en silencio, sin público, sin prensa, sin
discursos. Solo amor y lágrimas.

La sala olía a flores frescas y a cera. Las luces eran suaves,
casi tenues, como si hasta la electricidad entendiera que
debía guardar respeto.
Arfaxad estaba inmóvil frente al ataúd. No pestañeaba. No
hablaba. Ni siquiera parecía respirar.
Solo miraba.

María y Martín habían escogido para ella el mismo vestido
blanco con el que Arfaxad le propuso matrimonio. El

mismo que había llevado cuando, en el mirador de Santiago, la brisa le despeinaba el cabello y el amor parecía eterno.

Ahora el vestido parecía una extensión de la luz.

Era como si todo en esa tela guardara un pedazo del sol de aquel día, un eco de la risa que ya no volvería.

Lea se veía hermosa, tan hermosa que dolía.

Su cabello descansaba sobre los hombros, suave y limpio, como si aún guardara el aroma del perfume que él tanto amaba.

Su rostro sereno parecía dormido, y por momentos Arfaxad sintió la absurda necesidad de susurrarle su nombre para verla abrir los ojos una vez más.

Pero no hubo respuesta.

Solo el silencio.

Un silencio que pesaba como piedra.

Pensó en todo lo que habían planeado. En la boda. En la exposición. En los cuadros que ella ayudó a ordenar. En el futuro que ahora solo existía en la imaginación.

Pensó en cómo ella se acomodaba el cabello detrás de la oreja cuando se ponía nerviosa, en su manera de reír con la cabeza inclinada, en la forma en que lo llamaba "Arfa" cuando quería bajarle el enojo.

Cada pensamiento era un golpe. Cada recuerdo, una herida abierta.

—Hijo... ya es tiempo de que se la lleven —dijo María con voz temblorosa, acariciándole el brazo.

Arfaxad no se movió.

No escuchó.

Seguía mirando a Lea, como si el tiempo pudiera detenerse si la observaba lo suficiente.

Martín se acercó, conteniendo las lágrimas, y lo abrazó con fuerza.

—Ven, hijo —susurró—. Déjala descansar.

Arfaxad dio un paso hacia atrás. Solo uno. El más doloroso de su vida.

El sonido del cierre del ataúd fue un trueno contenido, una despedida brutal.

La madera se cerró con un eco que lo atravesó por dentro. Entonces la sala entera se volvió irreal.

El murmullo de las voces, el sonido de la lluvia golpeando los ventanales, todo parecía venir de otro mundo.

La procesión fúnebre salió de la funeraria hacia el cementerio bajo una llovizna constante.

El cielo estaba gris, pero un rayo de luz se abría entre las nubes, como si alguien allá arriba quisiera hablarle al corazón de Arfaxad.

La tierra mojada se mezclaba con las lágrimas de los presentes.

El viento arrastraba flores blancas caídas de las coronas, y cada pétalo parecía despedirla también.

La tierra cayó sobre el ataúd con un sonido sordo. Palada tras palada, hasta que desapareció bajo el barro húmedo.

El hueco se llenó, y con él se fue todo lo que Arfaxad había amado.

Se quedó de pie, mirando el suelo, empapado, con las manos sucias, incapaz de moverse.

Mientras observaba cómo la tierra caía sobre el ataúd, un pensamiento lo atravesó como un relámpago.

El anillo.

Aquel anillo de su madre, el que puso en la mano de Lea el día del compromiso.

Ahora descansaba con ella.

Recordó cómo, antes del entierro, había pedido que lo colocaran entre sus dedos, justo como ella lo habría querido: una promesa cumplida en silencio.

Y al pensar en eso, sintió una punzada en el pecho, no de culpa, sino de amor absoluto.

El anillo no era solo una joya heredada; era el símbolo de todo lo que fueron y de todo lo que jamás serían.

En su mente, imaginó ese pequeño brillo dormido entre las manos de Lea, resistiendo bajo la tierra, como una chispa que el tiempo no podría apagar.

María lo miraba desde unos pasos atrás. Martín le sostenía el hombro. Nadie dijo una palabra. No hacía falta.

El viento sopló con fuerza, levantando una brisa que rozó el rostro de Arfaxad.

Él cerró los ojos.

Y por un segundo, juró sentir una caricia invisible.

Al caer la tarde, la lluvia se hizo más fina, casi un velo.

El cementerio se fue vaciando.

Solo quedaron los tres.

Arfaxad, empapado hasta los huesos, seguía allí, sin moverse, mirando el montículo de tierra.

No lloraba.

No podía.

A veces el dolor es tan grande que el cuerpo no lo reconoce; se queda quieto, mudo, esperando que algo dentro deje de doler.

Horas más tarde, de regreso en la ciudad, habló con Martín y María. Les dejó dinero, las llaves de la bodega donde guardaba sus cuadros, sus pertenencias, y algunos regalos que Lea le había hecho.

Todo lo que quedaba de su vida en Monterrey.

Les pidió, con voz apenas audible, que cuidaran el nombre de Lea, que nadie redujera su historia a una noticia más.

Días después habló con Arturo.

No quería quedarse. No podía.

—No quiero pintar, ni hablar, ni ver nada que me la recuerde —le dijo.

Arturo solo asintió.

—Vente conmigo a Nueva York —le respondió—. Aquí no hay pasado. Solo tiempo.

Y así fue.

Arfaxad se marchó.

Dejó atrás la ciudad, la lluvia, las montañas, las promesas, y el último destello de una vida que ya no existía.

Monterrey quedó atrás, como una herida abierta bajo las nubes.

Y en el fondo de la tierra, entre las flores marchitas, Lea descansaba con el vestido blanco del compromiso, y el anillo en sus manos, sellando un amor que ni la muerte pudo borrar.

En Nueva York, el invierno lo recibió con un silencio que dolía. La nieve cubría las calles, los edificios parecían inmóviles bajo el gris del cielo, y Arfaxad, envuelto en un abrigo que no lograba darle calor, se sentía como una sombra perdida entre millones.

Los primeros días los pasó en casa de Arturo, su amigo de toda la vida. Arturo intentaba animarlo, buscaba temas para distraerlo, cocinaba, hablaba de arte, de viajes, de la exposición que alguna vez soñaron montar juntos. Pero era inútil. La mirada de Arfaxad se perdía en la ventana, sin parpadear, como si buscara una imagen que no volvería.

Una semana después, decidió mudarse a un pequeño departamento en el East Village. Enero apenas comenzaba y con él, una rutina de vacío.
Martin y María habían tratado de contactarlo, pero él no respondía los mensajes ni las llamadas. Arturo era el único que sabía algo, y lo poco que podía decirles era que seguía vivo… pero no vivía.

Durante seis meses, hasta el día que habría sido su boda, Arfaxad permaneció recluido. Las cortinas cerradas, el café frío sobre la mesa, lienzos sin terminar cubiertos de polvo. No hablaba con nadie. No comía bien. A veces pasaban días enteros sin que se duchara. El tiempo se había convertido en una sucesión de horas idénticas: oscuras, pesadas, sin propósito.

Arturo lo visitaba cada cierto tiempo. Limpiaba lo que podía, ventilaba el aire viciado del apartamento y trataba de encontrar palabras que pudieran sacarlo de ese pozo, pero no las había. La mirada de Arfaxad era la de un hombre que había olvidado cómo regresar.

Hasta que una noche, la soñó.
Estaba de nuevo en Monterrey, en el parque Fundidora. Se veía recostado sobre la misma lomita donde, meses atrás, había hablado con sus padres ausentes. El viento soplaba suave y el eco de una melodía clásica flotaba en el aire. Entonces la vio.

Lea.

De pie, a unos metros, sonriendo con esa calma que siempre lo desarmaba. Su cabello se movía con la brisa, y, como solía hacer, lo recogió detrás de la oreja.

—Arfa —le dijo con esa voz que mezclaba dulzura y firmeza—, ¿qué estás haciendo? Tienes que levantarte. La vida necesita conocer tu arte. No puedes quedarte aquí, escondido.
Él la miró con desesperación, dio un paso hacia ella.
—Amor... no te vayas. Por favor.

Ella sonrió. Esa sonrisa que una vez le bastó para quedarse en Monterrey.
—Te amo —dijo mientras se desvanecía entre el resplandor del cielo—. Eres perfectamente mi sueño.

Despertó de golpe.
El corazón le latía con fuerza. Se sentó en la cama empapado en sudor y con las manos temblorosas. Aún podía oler su perfume, sentir el eco de su voz.

Corrió hacia su caballete. Quiso pintar. Pero los trazos fueron torpes, rotos. Grises.
Todo lo que salía de su mano era dolor convertido en forma. No había color, no había luz. Solo sombras.

Entonces entendió que no podía seguir solo.
Aceptó la ayuda que Arturo le había ofrecido desde hacía meses. Arturo conocía a una terapeuta, una mujer con reputación por ayudar a artistas que habían tocado fondo.

Por primera vez desde su muerte, Arfaxad lo admitió en voz alta:
—Necesito hablar de ella… necesito llorarla.

Y mientras lo decía, sintió que algo en su interior comenzaba, muy lentamente, a ceder. No era paz. No era consuelo. Era apenas el primer respiro después de un naufragio.

Esa noche, mientras observaba la ciudad desde su ventana, comprendió que toda su vida había sido una sucesión de caídas. Saltos sin dirección, impulsos nacidos del amor, del miedo, del dolor. Había saltado hacia el arte, hacia Lea, hacia la esperanza, y ahora saltaba hacia la nada, intentando sobrevivir a su ausencia. Pero por primera vez entendió que no podía quedarse en el fondo. Tenía que levantarse, aunque no supiera cómo, aunque doliera. Porque no todos los saltos son para huir… algunos son solo el principio de volver a vivir.
Y así terminó su noche, con un pensamiento silencioso que resumía todo su andar:
había dado demasiados saltos al vacío.

Los saltos al origen

Habían pasado dos años desde la última conversación con Lea.

Dos años desde que su voz se desvaneció entre la lluvia, dejando a Arfaxad suspendido en un silencio tan profundo que hasta el tiempo pareció detenerse.

Había abandonado todo: su arte, sus amigos, sus rutinas, incluso el reflejo que lo devolvía el espejo.

Su vida se había congelado en un instante que no dejaba de repetirse, una herida abierta que no sanaba ni sangraba, solo dolía.

La terapia no fue sencilla.

Las primeras sesiones fueron una lucha muda entre el dolor y la resistencia.

El consultorio de la doctora Johnson tenía paredes color crema y un leve aroma a incienso; había plantas, una lámpara de luz cálida, una ventana abierta al cielo gris de Nueva York.

Para Arfaxad, sin embargo, aquel lugar no era un refugio, sino una celda luminosa donde tenía que enfrentarse a sí mismo.

Durante las primeras semanas apenas habló.

Su voz se había vuelto un eco cansado.

—¿Cómo dormiste, Arfaxad? —preguntaba la doctora.

—No dormí.

—¿Comiste algo hoy?

—No tengo hambre.

Silencio.

El reloj marcaba los minutos con una crueldad casi física.

El lenguaje se había roto junto con su vida.

La doctora Johnson no lo presionó. No lo obligó a hablar ni a llorar.

Solo le enseñó a respirar.

—Respira —le decía con voz suave—. No para olvidar, sino para recordar que sigues aquí.

Y él obedecía. Cerraba los ojos, respiraba, y en cada inhalación regresaba ella: Lea, su voz, su cabello cayendo sobre el hombro, la forma en que sonreía con los ojos antes que con los labios.

El aire dolía, pero al menos era aire.

Poco a poco las palabras comenzaron a salir.

Primero tímidas, después atropelladas, como si llevaran demasiado tiempo queriendo escapar.

Hablaba de la injusticia, de lo absurdo, de cómo una mujer tan buena, tan viva, tan llena de sueños, había sido arrancada del mundo de la forma más cruel.

—Ella quería cambiar su destino —decía con la voz temblorosa—. Y lo hacía. Día tras día. Era una guerrera… y el mundo la castigó por eso.

La doctora lo escuchaba sin interrumpirlo, anotando de vez en cuando una palabra que no era diagnóstico, sino testimonio.

Luego vino la culpa.

Esa sombra que siempre llega después del dolor.

—Primero mis padres, y ahora ella —murmuraba Arfaxad, mirando el suelo—. Todo lo que amo termina desapareciendo. Tal vez la vida me está cobrando algo. Tal vez soy un imán para la desgracia.

La doctora lo observaba con una paciencia casi maternal.

—El dolor no desaparece, Arfaxad —le dijo una tarde, con voz que parecía una oración—. Cambia de forma. Y solo tú decides si lo conviertes en peso o en cimiento.

Él levantó la vista, con los ojos vacíos, pero por primera vez, creyó que había un camino.

Fue entonces cuando ella le habló de su pintura.
Le recordó que el arte no era su condena, sino su refugio.
—Dejaste de pintar porque creíste que el arte te destruía, pero en realidad era lo que te sostenía —le explicó—.
Pinta, aunque duela. No para olvidarla, sino para recordarla sin quebrarte.
Esa noche, esas palabras lo persiguieron hasta casa.

Encendió la luz de su estudio, un pequeño espacio con olor a polvo y óleos antiguos.
Frente a él, un lienzo en blanco lo esperaba como una página abierta en mitad del silencio.
Tomó un pincel. Lo sostuvo largo rato sin moverse. Luego trazó la primera línea.
Los primeros trazos fueron grises, torpes, vacilantes. Pero en cada uno había algo vivo.
Colores de tormenta, de cielo, de miel.
El dolor comenzó a transformarse en forma, y la forma, en un leve alivio.

Esa noche pintó hasta el amanecer.
Cuando el sol asomó, vio en el lienzo algo que no era tristeza ni esperanza, sino una nueva forma de respirar.
Por primera vez en dos años, el silencio se volvió soportable.

Pasaron los meses.
Los cuadros comenzaron a multiplicarse, invadiendo el departamento con su color y su soledad.
Cada trazo era una conversación con el pasado, una carta que nunca pudo enviar.

A veces, mientras la luz de la tarde bañaba la habitación, le parecía verla entre los lienzos, observándolo en silencio, como si siguiera ahí, guiando su mano.

La doctora Johnson lo recibía cada martes y viernes.
Ya no era el hombre roto que había llegado dos años atrás. Había en su voz un hilo de vida, un pequeño brillo que regresaba poco a poco.
—Has avanzado mucho —le dijo ella un día, mientras cerraba su libreta—. Pero hay algo que todavía no has hecho.
—¿Qué cosa? —preguntó él, con una mezcla de miedo y curiosidad.
—Volver.

Arfaxad la miró sorprendido.
—¿A Monterrey?
—Sí —dijo ella con calma—. A veces no se trata de escapar del lugar donde sufrimos, sino de mirarlo desde otro punto. El dolor que no se enfrenta se repite.
Él bajó la mirada, respirando con dificultad.
—No sé si pueda hacerlo. Todo allá me recordaría a ella…
—Precisamente por eso. No se trata de revivir la herida, sino de cerrarla. No para olvidarla, sino para que deje de doler cada vez que la recuerdes.

Aquellas palabras lo acompañaron por días, como una sombra amable.
"No se trata de revivir la herida, sino de cerrarla."

Esa noche, al llegar a su apartamento, observó su cuadro favorito: un lienzo con tonos dorados y azules, una interpretación abstracta del día en que la conoció.

Pasó los dedos sobre el borde del marco y susurró:

—Tal vez tengas razón, doctora… Tal vez deba volver.

No durmió.

Caminó por el estudio, repasando mentalmente cada rincón de Monterrey: el mirador, la presa, el mercadito, aquella cafetería donde todo comenzó.

Y entre el dolor sintió algo parecido a la paz.

Al amanecer, encendió la lámpara y escribió en su cuaderno:

"Regresar. Mirar atrás sin romperme."

Dos días después compró el boleto.

El vuelo fue largo, silencioso.

El avión cruzaba un cielo inmenso y nublado, mientras él observaba el horizonte con la mirada perdida.

No llevaba mucho equipaje: una maleta pequeña y una libreta llena de bocetos.

No sabía si regresaba para quedarse, pero sí sabía que era la única manera de seguir viviendo.

Cuando aterrizó, el calor seco del norte lo golpeó con un aroma conocido: mezcla de asfalto, tierra y recuerdos.

Pidió un auto y dio la dirección que creía haber olvidado para siempre: la casa de Martín y María.

La puerta se abrió.

María lo miró apenas un segundo antes de correr a abrazarlo.

—¡Arfa! —dijo con lágrimas en los ojos—. Pensé que nunca volverías.

Él no pudo responder, solo la sostuvo en silencio.

Martín salió detrás, más envejecido, pero con una sonrisa

sincera.

—Bienvenido a casa, hijo.

Pasaron la tarde conversando.

Recordaron a Lea con ternura, sin lágrimas. Por primera vez, su nombre no sonó como una herida, sino como una oración.

Esther, ya casi una adolescente, les preparó café. La casa olía a pan y a lluvia vieja.

Más tarde, Martín lo invitó a acompañarlo a la bodega donde habían guardado sus cosas.

El aire allí era denso, saturado de polvo y melancolía.

Los cuadros estaban cubiertos con sábanas blancas, como fantasmas durmiendo de pie.

—Aquí está todo —dijo Martín, moviendo una caja—. No hemos tocado nada.

Arfaxad caminó entre los lienzos con paso lento, como quien visita un cementerio de recuerdos.

—No quiero quedarme con nada —dijo en voz baja—. Quiero cerrar este capítulo.

María lo miró con dulzura.

—Cerrar no siempre es olvidar, hijo. A veces, cerrar es entender.

Él asintió sin responder.

Entonces lo vio.

El cuadro.

Aquel que Lea le había regalado aquella noche en el mercadito, después de su paseo a Santiago.

Quitó la sábana con cuidado, temiendo romper algo más que el silencio.

Ahí estaba, el lienzo que había estado dormido durante años, escondido entre cajas y polvo, como esperando ese instante para volver a respirar.

Se quedó mirándolo en silencio.

Los colores seguían vivos, vibrantes, con esa energía imposible de entender, la misma que aquella noche lo había detenido entre los puestos iluminados.

Recordó todo.

El murmullo del mercadito, los focos colgantes temblando con la brisa caliente, los niños corriendo entre los toldos, el olor a carne asada y aceite, las risas de Lea.

Y luego aquella mujer mayor, acercándose con su carpeta y su voz amable, hablando de la asociación que ayudaba a ancianos con Alzheimer, vendiendo cuadros hechos por los internos para sostener el taller.

Él había aceptado verla por simple curiosidad.

Pero cuando movió un par de lienzos del fondo y ese cuadro apareció, sintió un vuelco en el pecho.

Fue como si lo hubieran llamado por su nombre desde dentro de la pintura.

El fondo oscuro.

Los brochazos agresivos, llenos de emoción.

Los colores —verdes, azules y blancos— que parecían moverse bajo la luz amarilla del foco.

Era una obra imperfecta, visceral, viva.

No era un cuadro hecho para gustar, sino para respirar.

Y Arfaxad supo, sin entender por qué, que tenía que tenerlo.

—Lo llevo —dijo aquella noche, con la voz más firme que recordaba haber usado.

Lea lo miró con ternura.

No entendía el porqué, pero entendía lo que él sentía.

—Si ese cuadro te encontró, no lo sueltes —le dijo sonriendo mientras lo pagaba ella misma—. Quiero que sea tuyo. No sé por qué, pero siento que te pertenece.

Ahora, en esa bodega silenciosa, todo volvía.
El calor, la luz, el ruido, su voz.
Lea entregándole el cuadro, su cabello cayéndole sobre el hombro, su mirada suave.
Todo.
El cuadro era más que un recuerdo; era una puerta.

Sus dedos rozaron el borde del marco y sintieron una leve rugosidad.
Se inclinó, pasó el pulgar sobre la esquina inferior, y algo se reveló bajo una capa delgada de óleo.
Dos letras, pequeñas, casi invisibles.

E. L.

—¿E. L.? —susurró, con la voz quebrada.
Martín se acercó, con el ceño fruncido.
—Nunca lo habíamos notado —dijo en voz baja—. Tal vez sean las iniciales del autor.

Arfaxad no respondió.
El aire en la bodega parecía suspendido.
Su pecho pesaba como si el corazón recordara antes que la mente.
Volvió a ver el rostro de Lea, la forma en que lo miró aquella noche mientras él observaba el cuadro bajo las luces del mercadito.
No, ella tampoco supo quién lo pintó.

Pero algo —una intuición, una fuerza invisible— los había guiado hacia esa obra.

Tal vez el destino deja rastros, pensó.
Pequeñas luces escondidas que solo se revelan cuando el alma está lista para mirar atrás.

El sol que entraba por los cristales sucios tocó justo la esquina donde estaban las letras.
Por un instante, las iniciales brillaron como oro, y el cuadro pareció respirar.
Él sintió algo moverse dentro: no era dolor, era comprensión.
Una verdad que siempre había estado ahí, esperando ser vista.

Entonces lo entendió.
Su viaje no había terminado.
Cerrar no era destruir los recuerdos, sino darles sentido.
Ese cuadro no era solo el principio de su historia con Lea: era un mensaje que la vida le dejaba en forma de color.
Una voz del pasado pidiéndole seguir el hilo hasta el origen.

—Tengo que encontrar al autor —murmuró con firmeza.
Al artista anónimo que, sin saberlo, había pintado el principio de su amor.
Y quizás también… el comienzo de su redención.

Debajo de algunas carpetas viejas, Arfaxad encontró una caja pequeña llena de papeles doblados, recibos y recortes amarillentos por el tiempo.
Comenzó a revolverlos sin mucho interés, hasta que algo lo detuvo.

Un trozo de papel doblado varias veces, desgastado en las orillas.

Lo abrió con cuidado.
Era un folleto.
El mismo que aquella mujer les había entregado aquella noche en el mercadito, cuando los invitó a colaborar con la asociación que ayudaba a ancianos con Alzheimer y personas con trastornos mentales.
El logotipo apenas se distinguía ya; la tinta se había ido borrando con los años. Pero el nombre seguía allí, firme, en letras grandes:
"Centro Esperanza – Arte y Memoria".

Arfaxad lo sostuvo un largo rato entre las manos.
Podía verlo todo con claridad: la mujer de mirada amable, el toldo iluminado, los cuadros colgando como fragmentos de vidas rotas, y el calor de aquella noche que aún parecía respirar en el papel.

Sintió un escalofrío.
Era como si el pasado hubiera dejado ese rastro a propósito, esperando que lo encontrara justo ahora, cuando estaba listo para mirar atrás.

Le temblaban las manos, pero el impulso era más fuerte que el miedo.
Sacó su teléfono, marcó el número impreso al final del panfleto —los dígitos apenas visibles— y esperó.
Cada tono del timbre sonaba como una cuenta regresiva hacia algo que no podía explicar.

—Centro Esperanza, buenas tardes —respondió una voz femenina al otro lado.

Arfaxad tardó un segundo en contestar, la garganta apretada.

—Buenas tardes… —dijo finalmente—. Mi nombre es Arfaxad. Encontré uno de los cuadros que fueron vendidos hace un par de años en un mercadito… pertenecía, creo, a su asociación. Me gustaría hablar con quien lleve el registro de las obras donadas.

Hubo una breve pausa.

—Claro, señor. Podemos agendarle una cita para mañana, si gusta venir por la mañana.

—Sí… mañana está bien —respondió con un hilo de voz, pero con una determinación nueva en los ojos.

Colgó el teléfono y se quedó mirando el folleto.

Aquel pedazo de papel era mucho más que una dirección: era una llave.

Una invitación a desenterrar la historia detrás de aquella pintura… y, quizá, a entender por fin por qué todo comenzó allí.

Esa noche no durmió.

Sentado en el pequeño cuarto donde se hospedaba, observó el cuadro recargado en la pared, con las iniciales E. L.brillando bajo la luz tenue de la lámpara.

Sabía que al día siguiente daría un paso que cambiaría algo dentro de él.

No era solo curiosidad; era una necesidad que le ardía en el pecho.

Necesitaba respuestas.

Necesitaba encontrar al alma que había pintado aquella obra, al artista anónimo que, sin saberlo, había entrelazado su destino con el de Lea.

Tomó su cuaderno y escribió en una hoja en blanco, con una caligrafía temblorosa pero firme:

"Mañana. Centro Esperanza."

Y mientras cerraba el cuaderno, sintió que algo se movía dentro de él.
No era tristeza, ni tampoco alivio.
Era un comienzo.
Un salto hacia el lugar donde todo había empezado.

Los saltos a la revelación

Muy temprano, antes de que amaneciera del todo, Arfaxad se levantó. No necesitó despertador.
Llevaba días sin dormir bien, dando vueltas entre recuerdos y silencios, pero esa mañana era distinta: había decidido salir a honrar el recuerdo de Lea.
No era un aniversario ni una fecha marcada en el calendario, pero para él, cada día sin ella lo era.

Había pasado tanto tiempo desde su muerte que los demás ya hablaban de ella en pasado con naturalidad, pero él no podía hacerlo. Lea seguía viva en su mente, adherida a su respiración, a su manera de observar el mundo.
Su recuerdo se apegaba a él con la terquedad del dolor.
A veces sentía que si llegaba a olvidarla, aunque fuera por un segundo, el universo dejaría de tener sentido.

Aun así, recordaba las palabras de la doctora Johnson.
—No tienes que olvidar —le había dicho en su último encuentro—, pero sí aprender a mirar el pasado sin quedarte atrapado en él.
Le había explicado que el duelo no se supera, se transforma. Que debía convertir el dolor en un recordatorio amable, en lugar de seguir dejándolo como una herida abierta.

Sabía que nunca dejaría de doler, pero tenía que intentar aprender a vivir con el dolor sin ahogarse en él.

Se vistió despacio, tomó un libro, el mismo que había dejado abandonado hacía tanto tiempo, y salió sin desayunar.

Afuera, la ciudad aún estaba medio dormida. El cielo, teñido de un gris claro, presagiaba calor. Caminó sin rumbo hasta que los pasos lo llevaron, inevitablemente, al café donde Lea trabajaba antes.

El corazón le dio un vuelco apenas cruzó la esquina y vio el toldo color crema con letras gastadas.
Por un momento pensó en dar media vuelta.
Pero siguió.

Apenas empujó la puerta, el aroma a café recién molido lo envolvió.
El sonido de las tazas, las cucharas chocando, el murmullo de la gente… todo era igual.
Solo faltaba ella.

Algunos empleados lo reconocieron enseguida.
Los años habían pasado, pero su rostro seguía grabado en la memoria de quienes vivieron aquellos días.
Una de las meseras —una mujer de cabello corto, mirada amable— se acercó.
—Buenos días, señor. ¿Un mocha, verdad?
Arfaxad sonrió apenas, con esa sonrisa tensa que se usa para aparentar que todo está bien.
—Sí, muchas gracias.

Se sentó en la misma mesa donde Lea le había hablado por primera vez, aquella tarde en que ella, distraída y sonriente, limpiaba la mesa contigua y le dijo con dulzura:
—Tenga cuidado, todavía está húmeda.
Era una frase insignificante, pero desde entonces había quedado grabada en su mente como una melodía imposible de olvidar.
Recordar ese momento lo atravesó como un rayo.

Ella no se había sentado con él, nunca hizo falta: bastó su voz, su sonrisa, para que todo en su interior cambiara.

Sacó el libro de su mochila.
Ese maldito libro.
El que Lea le había recomendado leer con tanta ilusión, el que a ella le fascinaba pero que a él le había parecido aburrido.
Lo abrió en la misma página donde lo había dejado años atrás.
No pudo leer.
Las letras se difuminaron frente a sus ojos. Su vista se quedó fija en la nada, mientras en su mente aparecían imágenes que no pedía: Lea riendo, Lea tomando su mano, Lea caminando frente a él con el viento jugando entre su cabello.

Sabía que ella lo había hecho feliz.
Tan feliz que ahora, cualquier intento de volver a serlo le parecía una traición.

El café le fue servido por cortesía de la casa, un gesto silencioso que ninguno comentó pero todos entendieron. Cuando se levantó para irse, dejó una propina exageradamente generosa. Nadie la contó, nadie la comentó. Era su manera de decir gracias, y también adiós.

Antes de salir, una voz lo detuvo.
—¡Arfaxad! ¿Cómo has estado?
Era un excompañero del museo, uno de los pocos que se había atrevido a acercársele después de todo.
Él lo miró con expresión cansada.
—Realmente no puedo decirte que bien… —respondió

con sinceridad—, pero aquí seguimos, luchando por sobrevivir.

No hubo más conversación.
No tenía fuerzas para sostenerla.
Dejó el café intacto y el libro abierto sobre la mesa. Ni siquiera se dio cuenta de que lo olvidaba ahí.
Quizá, en el fondo, no fue un descuido.
Quizá lo dejó como una ofrenda muda, como si al abandonar ese libro que tanto representaba a Lea pudiera dejar también un poco del peso que cargaba.

Al salir, el aire tibio de la mañana lo golpeó con olor a pan tostado y gasolina.
Se detuvo frente al ventanal del café y se observó reflejado en el vidrio.
No se reconocía.
El hombre que veía allí tenía la mirada vacía y los hombros caídos.
Un fantasma vestido de piel.

Caminó unos pasos y levantó la vista hacia el cielo pálido.
"¿Por qué ella?", pensó con rabia contenida.
La vida había sido cruel con él: primero le arrebató a sus padres, ahora a la única persona que lo había hecho creer en el amor otra vez.
Y lo peor de todo es que seguía respirando, seguía existiendo, aunque cada día le pareciera más absurdo hacerlo.

Sabía que aún faltaban más lugares por visitar.
Que si quería cumplir lo que la psicóloga le había pedido, debía recorrer cada rincón donde Lea había dejado una huella.

.

Pero con cada paso, sentía que no quería sanar del todo.
Porque sanar era aceptar.
Y aceptar era dejarla ir.

El sol de media mañana le pegaba directo al rostro, pero no
lo sentía.
Solo sentía el peso del silencio.

Pidió un auto privado con el mismo impulso con que uno
pide auxilio sin decirlo.
El chofer llegó en pocos minutos, un hombre joven, de
rostro amable, que lo saludó con educación.
—¿A dónde lo llevo, señor?
Arfaxad vaciló un segundo antes de responder.
—A la carretera nacional.
—¿Alguna dirección específica?
—No. Solo… siga derecho. Yo le diré dónde detenerse.

El auto arrancó y, mientras se alejaba, el bullicio de la
ciudad fue quedando atrás.
El cristal del parabrisas reflejaba el cielo limpio, y las
montañas empezaban a dibujarse a lo lejos.
El paisaje, tan familiar, se le antojaba extraño, como si
estuviera viendo el mundo por primera vez desde la orilla
de un sueño roto.

Apoyó la cabeza contra el asiento, cerró los ojos y, por un
instante, creyó escuchar la voz de Lea:
—No olvides mirar los cerros, Arfa. Siempre parecen que
están respirando.
Abrió los ojos con un sobresalto, pero solo estaba el
silencio y el sonido del motor.
—No puedo olvidarte, Lea —murmuró apenas—. Ni
aunque lo intente.

Cuando llegaron a la zona de artesanías, pidió al conductor que lo esperara.

Bajó despacio.

El aire caliente lo golpeó como una ola.

Los toldos de colores ondeaban con el viento, los vendedores gritaban sus precios, y el olor a pan recién horneado y madera pintada llenaba el ambiente.

Era el mismo lugar donde Lea y él habían caminado de la mano por primera vez, donde los dedos se rozaron sin querer, hasta que —sin decir palabra— lo miró y entrelazaron sus dedos.

Caminar por ahí era como caminar dentro de un recuerdo que dolía demasiado.

Todo seguía igual, pero el alma no.

Pasó junto a los mismos puestos: el de las cerámicas, el de los sombreros, el de los dulces de leche.

Hasta que, como si el cuerpo recordara antes que la mente, llegó al puesto del pan de elote.

Pidió uno, como siempre.

El pan aún estaba tibio.

Le dio un mordisco y el sabor lo atravesó.

Era dulce al principio, pero al tragarlo se volvió amargo, como si cada miga le recordara que el pasado también se pudre cuando se queda demasiado tiempo guardado.

—¿Le gustó, joven? —preguntó el panadero, limpiándose las manos en el delantal.

Arfaxad lo miró y asintió.

—Sí… aunque el sabor no es el mismo de antes.

El hombre rió con gentileza.

—Nada sabe igual cuando falta alguien, ¿verdad?

Esa frase le dolió más que el pan.

Solo alcanzó a decir:
—No, nada.

Dejó una propina absurda sobre la mesa —tan grande que el hombre se quedó mirando sin saber si agradecer o preguntar— y se marchó sin mirar atrás.

A unos metros, se detuvo en el puesto de miel artesanal.
—¿Le envaso una grande o varias chicas? —preguntó la mujer, acomodando los frascos brillantes bajo el sol.
—Tres pequeñas —respondió él—. Para regalar.
La mujer sonrió y comenzó a envolverlas.
—Son de abeja pura. Endulzan hasta las penas.
Él bajó la mirada.
—Ojalá hicieran eso —susurró.

Guardó la bolsa con cuidado y regresó al auto.
El conductor, al verlo, preguntó con respeto:
—¿Ahora a dónde, señor?
—A Santiago —dijo Arfaxad sin pensarlo.

El trayecto fue largo y silencioso.
El camino hacia el mirador parecía intacto, pero en el corazón de Arfaxad todo estaba cambiado.
Miró por la ventana y recordó el día en que Lea apoyó la cabeza en su hombro durante ese mismo recorrido.
Recordó cómo rió al ver un grupo de niños corriendo entre los árboles, cómo señaló el horizonte diciendo:
—Parece que allá el mundo se acaba.
Y él, con la voz temblorosa, le respondió:
—Contigo, todo empieza.

Ahora, sin ella, el horizonte parecía más lejos que nunca.

Cuando el auto se detuvo, el conductor giró la cabeza.

—¿Desea que lo espere aquí, señor?

—Sí. No tardaré mucho —dijo Arfaxad, aunque en el fondo sabía que el alma no mide el tiempo.

Bajó del auto y caminó hasta el mirador de Santiago. El viento soplaba con fuerza, y el aire olía a piedra y a pasado. Los binoculares metálicos seguían ahí, fijos, apuntando al mismo horizonte que Lea había mirado aquel día. Se acercó y pasó los dedos por el metal oxidado.

—Aquí estabas —dijo en voz baja—. Justo aquí.

Cerró los ojos y la vio, viva, de pie, riendo con el cabello al viento, diciéndole:

—Desde aquí todo parece tan pequeño, Arfa.

—Menos tú —le respondió en el recuerdo—. Tú haces que todo se agrande.

Se arrodilló en el mismo lugar donde había planeado proponerle matrimonio. Ya no había anillo, ni flores, ni nervios. Solo un hombre roto tratando de dar gracias por lo que tuvo.

—No vengo a pedirte nada —susurró mirando al cielo—. Solo a agradecer. Su voz se quebró.

—Gracias por el amor, por la calma, por enseñarme que la vida podía doler bonito.

El viento le revolvía el cabello, y por un momento sintió que ella estaba allí, en el aire, en el ruido del agua al fondo.

—Perdóname por no haberte salvado —murmuró—. Si el amor tiene un fin, que el mío termine aquí, donde empezó.

Permaneció arrodillado un largo rato, hasta que el sol comenzó a bajar.
El mirador se llenó de luz dorada.
Se puso de pie con esfuerzo, respiró hondo y dijo lo que llevaba años sin poder pronunciar:
—Ya está bien, Lea. Ya puedes descansar.
Y, después de una pausa:
—Y yo… también lo intentaré.

Regresó al auto.
El conductor lo esperaba con el motor encendido.
—¿A dónde ahora, señor? —preguntó con voz baja.
—Al Centro Esperanza – Arte y Memoria —respondió sin mirar atrás.

El auto arrancó, dejando atrás el mirador, los binoculares y la promesa que alguna vez creyó eterna.
Arfaxad apoyó la cabeza en el vidrio y, por primera vez, el paisaje no dolió.
El viento entraba por la ventana, cálido, y parecía decirle que, aunque el amor no se olvida, también se aprende a soltar.

Cuando llegó al Centro Esperanza – Arte y Memoria, el auto se detuvo frente a un portón color blanco con un letrero desgastado.
El aire olía a desinfectante y a flores marchitas. Afuera, unos pocos árboles proyectaban sombras débiles sobre el pavimento.

El conductor bajó para abrirle la puerta.

—¿Desea que lo espere, señor?

—No —respondió Arfaxad, sin mirarlo—. No sé cuánto tardaré.

Cruzó el pasillo de entrada con paso lento.

En las paredes, fotografías antiguas mostraban a grupos de pacientes sosteniendo pinceles, sonriendo con esa mezcla de inocencia y pérdida que tienen los que viven entre la realidad y la niebla.

El eco de sus pasos retumbaba sobre el piso pulido.

En la recepción, una mujer de unos cincuenta años lo recibió con una sonrisa educada.

—Buenos días, ¿el señor Arfaxad?

—Así es —respondió, casi en un suspiro.

—Nos avisaron de su visita. Tengo entendido que desea información sobre una pintura hecha aquí.

—Correcto —dijo, sin demasiada emoción—. Me dijeron que aquí podría encontrar al autor… o autora.

La mujer asintió y lo condujo por un pasillo largo, iluminado por tragaluces que dejaban entrar una claridad tibia.

—No somos muchos aquí —explicó mientras caminaban—. Este centro funciona gracias a donaciones y voluntarios. La mayoría de los pacientes son adultos mayores con padecimientos mentales, algunos con Alzheimer, otros con cuadros más severos.

—Entiendo —dijo Arfaxad con voz baja, más por respeto que por interés.

Cuando llegaron a una pequeña oficina, la mujer tomó asiento detrás de un escritorio lleno de papeles.

—¿Podría contarme un poco más sobre el cuadro?

Arfaxad respiró hondo antes de responder.

—Hace tiempo, mi novia y yo compramos una pintura en un mercadito de Monterrey. Era diferente a todo lo que había visto: tenía una fuerza… un desorden hermoso. La compramos porque sentimos algo inexplicable.

Hizo una pausa, bajó la mirada y añadió, con un tono más quebrado:

—Ella ya no está conmigo. Y la doctora Johnson —mi psicóloga— me recomendó cerrar los capítulos que aún me duelen. Cuando vi el cuadro de nuevo, noté unas iniciales ocultas en la esquina inferior: "E. L.". Quiero saber quién lo pintó. Tal vez… eso me ayude a entender algo.

La mujer lo observó con compasión.

—Siento mucho su pérdida, señor. Ojalá este paso le sirva. —Hizo una breve pausa—. Las iniciales que menciona… "E. L.", ¿dice?

—Sí —respondió él—. Apenas visibles, casi cubiertas por la textura del óleo.

La mujer frunció el ceño, pensando.

—Claro —dijo al fin—. Debe tratarse de Esmeralda Lozano.

—¿La conoce? —preguntó Arfaxad, incorporándose un poco.

—Sí. Es una paciente nuestra. Fue maestra de arte hace muchos años. Su familia la internó aquí cuando comenzó a mostrar los primeros signos de Alzheimer. Después… dejaron de venir. —Suspiró—. Nadie la visita ya.

—¿Y sigue pintando?

—A veces. Tiene momentos de lucidez muy claros, y en esos instantes su talento reaparece. Luego vuelve la confusión… y olvida quién es.

Arfaxad se quedó en silencio.
La mujer se levantó.
—Si lo desea, puedo presentársela. Está en el taller ahora mismo.

Caminaron por otro pasillo, este más frío y silencioso.
El sonido de los pinceles, los pasos lentos y un murmullo constante se mezclaban con la música clásica que sonaba en un radio antiguo.
Al fondo, una puerta entreabierta dejaba ver un cuarto amplio con mesas de trabajo, lienzos medio terminados y caballetes vacíos.

—Adelante —dijo la mujer, empujando la puerta con suavidad.

El olor a trementina y pintura al óleo llenaba el ambiente.
Arfaxad se detuvo un instante en el umbral.
Su pecho se apretó.
El lugar tenía algo sagrado y triste a la vez.

Había varias personas sentadas, todas mayores, la mayoría con la mirada perdida.
Algunos movían los pinceles sobre el lienzo sin dirección, otros simplemente sostenían el color sin saber por qué.
Una enfermera los observaba en silencio desde una esquina.

—Ahí está Esmeralda —dijo la guía, señalando hacia una mujer de cabello gris trenzado, sentada frente a una mesa.

Tenía las manos manchadas de pintura, y sus ojos, aunque cansados, conservaban una luz extraña, como si aún quedara una chispa de lo que fue.

Arfaxad se quedó mirándola, sin acercarse todavía.
Una parte de él quería salir corriendo.
¿Qué hacía allí? ¿Qué buscaba realmente?
¿Una respuesta? ¿Un cierre? ¿O una excusa más para quedarse en el pasado?

La mujer que lo acompañaba notó su tensión.
—Tranquilo, señor —le dijo—. No muerde. En sus días buenos, Esmeralda es una persona muy dulce.

Arfaxad avanzó un paso.
Luego otro.
El suelo crujía bajo sus zapatos.
Cuando estuvo frente a ella, la mujer levantó lentamente la mirada.

—¿Usted… pinta? —preguntó Esmeralda, con voz débil, pero curiosa.
Arfaxad no supo qué responder.
—A veces —dijo al fin—. Aunque hace mucho que no lo hago como antes.
Ella sonrió apenas.
—Entonces no ha olvidado del todo. Nadie deja de pintar, solo deja de recordar por qué empezó.

Esa frase lo sacudió por dentro.
Por un segundo, creyó ver en ella algo familiar… un destello de lucidez que lo miraba directamente, como si lo reconociera sin saber de dónde.

—¿Puedo mostrarle algo? —preguntó él.
—Claro —respondió ella, con dulzura.

Sacó su teléfono y buscó la fotografía del cuadro.
Se la mostró.
Los ojos de Esmeralda se abrieron apenas.
Sus dedos temblaron.

—Ese… —susurró—. Ese es mío.
Arfaxad contuvo la respiración.
—Sí —dijo con voz baja—. Lo compramos en un
mercadito hace años. Usted lo pintó.

Ella lo miró largo rato, y en sus ojos había una mezcla de
orgullo y tristeza.
—No recuerdo cuándo lo hice… pero recuerdo cómo me
sentía. —Se llevó una mano al pecho—. Pintaba porque la
cabeza se me llenaba de voces… y el color era la única
forma de callarlas.
Hizo una pausa, mirando a la nada.
—Y porque soñé con alguien. Con alguien que miraba el
cuadro como si ya me conociera.

Arfaxad sintió un escalofrío.
No supo si era miedo o consuelo.
La mujer frente a él, olvidada del mundo, había creado el
cuadro que cambió su destino, el mismo que lo unió a Lea
y ahora lo traía de vuelta a sí mismo.

Bajó la mirada, sin poder hablar.
—Gracias —dijo al fin—. Gracias por pintar lo que yo no
sabía que sentía.

Esmeralda sonrió, y por un instante, la lucidez regresó a sus ojos.

—No me lo agradezca —susurró—. A veces uno pinta sin saber para quién. Pero las cosas siempre llegan a quien las necesita.

El silencio los envolvió.

Después de un silencio que pareció eterno, Esmeralda volvió la vista hacia el cuadro que Arfaxad le mostraba. Sus ojos se entrecerraron, como si rebuscaran en algún recuerdo escondido entre los pliegues del tiempo.

—¿Sabes? —dijo finalmente—. Cuando pinté esto… pensaba en algo que no podía explicar con palabras. ¿Ves esas manchas verdes?

Arfaxad se inclinó, observando con la misma atención de un discípulo frente a su maestro.

—Sí, claro. Son geniales. Caóticas, pero vivas. Esas manchas traen luz en medio de lo oscuro, como si el color se negara a morir —respondió, con voz que temblaba entre admiración y alivio.

La mujer sonrió con melancolía.

—¿Alguna vez has visto ranas en el espacio? —preguntó de pronto.

Arfaxad la miró sin comprender.

—¿Ranas… en el espacio? ¿Cómo dices?

—Sí —repitió ella, mirando hacia el techo, como si pudiera ver las estrellas a través de él—. Ranas flotando allá arriba, entre los planetas, saltando en el vacío.

Arfaxad soltó una breve risa, incrédulo.
—Eso no tiene sentido. Es absurdo.

—Exacto —dijo ella—. Es completamente absurdo.
Hizo una pausa. Luego añadió, más despacio:
—Y sin embargo, las imagino. Saltando donde no hay
suelo, buscando dónde caer, saltando aunque el salto no
lleve a ningún lugar.

Arfaxad se quedó en silencio.
Ella bajó la mirada y continuó con voz serena, casi
maternal:

—Cuando pinté este cuadro, veía eso. Veía ranas saltando
en el espacio. No porque existan, sino porque representan
lo que somos.
Los seres humanos vivimos así: saltando entre vacíos.
Queremos anclarnos, queremos certezas, pero la vida no
tiene piso firme. Nos movemos entre luces y sombras,
entre momentos de claridad y oscuridad, y cada salto que
damos es un intento desesperado por encontrar sentido.

Sus manos temblaban, pero sus palabras eran firmes.
—El universo no nos ofrece mapas —dijo—. Nos da solo
distancia, silencio, y el eco de nuestras propias decisiones.
Y nosotros, como esas ranas, saltamos una y otra vez.
Saltamos hacia el amor, hacia el miedo, hacia lo
desconocido.
A veces creemos que volamos, otras simplemente caemos.
Pero lo importante no es a dónde llegamos, sino el impulso
que nos mantiene vivos.

Arfaxad la observaba con el alma encogida.
Esa mujer olvidada, perdida entre pasillos silenciosos, estaba devolviéndole el sentido a su historia.

Esmeralda siguió hablando, con los ojos clavados en algún punto invisible:
—Yo pinté estas manchas verdes como saltos de vida. En medio del negro absoluto, el color insiste, se niega a rendirse. Esos tonos representan las veces que seguimos intentando cuando todo parece terminado. El verde es esperanza, pero también locura. Es la terquedad de estar vivos.

Levantó el pincel que descansaba sobre la mesa, manchado de pintura seca, y lo sostuvo frente a la luz.
—¿Sabes qué he comprendido con los años? —dijo, bajando el tono—. Que la vida no es dulce, ni justa, ni siquiera coherente. Es un caos hermoso. Y en ese caos, cada salto tiene su sentido, aunque no podamos entenderlo todavía.

Arfaxad tragó saliva. Su mente comenzó a llenarse de imágenes: Lea riendo bajo la lluvia, sus palabras en la graduación, su mirada fija al horizonte de Santiago.
"No todo salto lleva a un lugar seguro... algunos nos enseñan a volar."
Ahora entendía. Lea había visto lo mismo que aquella mujer, pero desde otro plano, más joven, más luminoso.

Esmeralda continuó:
—Los saltos que damos no siempre son elegantes ni heroicos. A veces son torpes, dolorosos. Pero cada uno deja una huella, un eco en el espacio. Y ese eco, aunque nadie lo escuche, es lo que nos convierte en algo más que

polvo.

Suspiró.

—Al final, no importa si el salto te eleva o te hiere. Lo importante es que saltaste. Que tuviste el valor de lanzarte al vacío sabiendo que el vacío también puede devorarte.

Arfaxad no pudo contener las lágrimas.
Todo lo que había vivido —su arte, la muerte de Lea, su propio derrumbe— tenía ahora una explicación.
No era un castigo. Era parte del salto.

Esmeralda lo miró con ternura.
—Mírame, muchacho —dijo con voz frágil pero luminosa—. Yo ya no salto más. Mi cuerpo me lo impide, mi mente se va deshaciendo. Pero tú… tú todavía puedes hacerlo. No para huir del dolor, sino para transformarlo.
Se inclinó un poco y añadió, casi en un susurro:
—Sigue saltando. Aunque no haya estrellas, aunque no haya suelo. Porque mientras lo hagas, la oscuridad no podrá tragarte del todo.

Arfaxad se quedó quieto, con los ojos nublados, sintiendo que aquellas palabras sellaban algo dentro de él.
Ya no era solo un cuadro, ni un recuerdo, ni una despedida.
Era un espejo.

Cuando se levantó para irse, Esmeralda sonrió, mirando otra vez hacia el cielo invisible del techo.
—Y si alguna noche miras hacia arriba —dijo—, tal vez veas una pequeña luz moviéndose entre las estrellas. No será una estrella fugaz. Será una rana. Brincando. Recordándote que todavía estás vivo.

Arfaxad salió del cuarto con el alma hecha trizas, pero en paz.

La vida no era un cuadro terminado, sino una serie de saltos imperfectos que dejaban marcas en el espacio.

Y en ese instante lo comprendió todo:

Lea, el arte, el dolor, los saltos, las ranas, el amor.

Todo era parte del mismo movimiento eterno, imperfecto y caótico, pero hermoso.

Así, exactamente así, era la vida: un salto tras otro, un intento más de seguir respirando en medio del vacío.

Cerró los ojos y, por primera vez en mucho tiempo, respiró sin miedo.

Porque entendió que no importaba dónde cayera.

Mientras siguiera saltando, seguiría vivo.

Los saltos a la eternidad

Durante mucho tiempo, Arfaxad no había podido tomar un pincel con aquella pasión que lo movía antes. Había pintado por obligación, por costumbre, incluso por necesidad económica, pero no por impulso. Hasta que Esmeralda —esa mujer de voz quebrada y mirada lejana— le hizo comprender que no debía detenerse por lo malo que pasara en la vida.

"La vida no se deja domar," le había dicho, *"pero sí se puede bailar con ella, aunque no lleve tu ritmo."*

Desde entonces, algo en él despertó. Comprendió que el dolor no desaparece: se transforma. Y decidió transformarlo en arte.

Volvió a Nueva York unos días después de aquella conversación, con la mente en calma y el corazón todavía dolido, pero dispuesto a sanar. En su departamento lo esperaba un silencio distinto: ya no era vacío, sino espacio para crear.

Encendió la cafetera, se asomó a la ventana y miró las luces de la ciudad.

—Ya es hora —susurró.

Tomó el teléfono y marcó.

—¿Arturo? —dijo apenas él contestó.

—¡Arfa! Hermano, pensé que te habías perdido otra vez. ¿Dónde estás?

—En casa. Pero necesito tu ayuda.

—Claro, dime.

—Voy a hacer el evento. Ese que no pude hacer cuando...

—hizo una pausa, el silencio dolía más que las palabras—. Cuando la perdí.

Arturo no respondió de inmediato. Se escuchó su respiración al otro lado.

—¿Estás seguro, Arfa?

—Nunca lo estuve tanto. No quiero seguir escondiendo su recuerdo en mi tristeza. Quiero que el mundo la vea, como yo la vi.

Durante los días siguientes, el estudio volvió a llenarse de vida. Las luces, los lienzos, las notas escritas al margen, el olor del óleo, el café derramado sobre un cuaderno... todo recuperó su sitio. Arfaxad pintaba por horas, casi sin darse cuenta del paso del tiempo. En cada trazo había un eco de Lea: su voz, su mirada, su forma de mirar la vida como si el amor y la lucha fueran lo mismo.

Cuando por fin decidió regresar a Monterrey, no lo hizo con la urgencia de antes, sino con serenidad. Aquella ciudad ya no era un lugar de dolor, sino el escenario donde todo había comenzado, y donde debía terminar su despedida.

Martín y María lo recibieron con la calidez de siempre.

—Arfaxad —dijo María, abrazándolo fuerte—, no sabes cuánto bien nos hace verte.

Él sonrió, con esa mezcla de afecto y nostalgia que ya se había vuelto parte de su rostro.

—Gracias, María. Gracias por no soltarme nunca.

—¿Y Esther? —preguntó él.

—Viene en camino —respondió Martín—. Desde que supo que regresarías, no ha dejado de hablar de lo mucho que te admira.

Cuando Esther llegó, lo saludó con una sonrisa tímida.

—Así que por fin vas a hacerlo —dijo ella.

—Sí —respondió Arfaxad—. La exposición, en París. Ya hablé con Arturo; me ayudará con la logística. Pero quiero hacerlo con ustedes ahí. Quiero que estén conmigo.

María lo miró sorprendida.

—¿Nosotros?

—Claro. Ya no tengo padres, pero tengo familia —respondió él, con una ternura grave—. Ustedes fueron lo único que me sostuvo cuando todo se derrumbó. Este homenaje también es suyo.

Martín, con la voz entrecortada, le dio una palmada en el hombro.

—Tu padre estaría orgulloso, muchacho. Y Lea… —hizo una pausa, mirando al suelo—, Lea estaría feliz de verte así.

Arfaxad asintió.

—No lo hago solo por ella. Lo hago porque quiero volver a creer que la vida vale la pena, incluso cuando duele.

Durante los siguientes días, se reunieron para revisar detalles, revisar los cuadros, coordinar el envío de las obras y definir las piezas que conformarían el eje principal de la exposición. Arturo le escribía desde Nueva York:

"Ya tengo el espacio en París confirmado. Será en Le Pavillon des Lumières, frente al Sena. Perfecto para ti, para ella, para lo que quieres decir."

El día del vuelo, Monterrey amaneció con un cielo limpio, azul profundo. Arfaxad miró por la ventanilla del avión mientras despegaban.

—Mírame, Lea —susurró con una sonrisa apenas
perceptible—. Estoy saltando otra vez.

París los recibió con un viento suave y un atardecer color
cobre. En el taxi, Esther miraba por la ventana
emocionada, mientras María no podía dejar de comentar
cada detalle.
—Nunca pensé venir aquí —decía—. Qué ciudad tan viva.
Arfaxad sonreía en silencio, viendo cómo la Torre Eiffel
asomaba entre las calles.
—Es la ciudad que me enseñó a soñar —dijo al fin—. Y la
misma que me enseñó que los sueños pueden doler.

Esa noche, en su estudio temporal, abrió una caja. Dentro
estaba el cuadro del mercadito. Lo apoyó contra la pared,
bajo una lámpara cálida.
—Esmeralda… —murmuró—. Si supieras todo lo que
cambiaste en mí.

Tomó un pincel y comenzó a trabajar, no en un nuevo
cuadro, sino en un detalle final para el viejo: una firma
diminuta, discreta, apenas perceptible al borde inferior
derecho.
"E.L. & A.V."

Luego se quedó mirando la pintura en silencio, y susurró:
—Gracias por enseñarme a saltar… incluso en la
oscuridad.

Esmeralda, después de aquella conversación con Arfaxad,
había partido a saltar a la eternidad. Su muerte no fue
ruidosa ni anticipada; simplemente un amanecer dejó de
abrir los ojos. Cuando Arfaxad recibió la noticia, sintió una
punzada en el pecho, no de sorpresa, sino de una tristeza

serena, como si algo dentro de él hubiese comprendido desde el principio que aquella mujer, que hablaba de la vida como quien mira el universo por última vez, estaba despidiéndose el día que le enseñó a ver ranas en el espacio.

Durante mucho tiempo pensó en ella. En su voz entrecortada, en la forma en que describía el caos como algo hermoso, y en esa mirada que parecía haber entendido demasiado del mundo como para temerle. Esmeralda se había ido, sí, pero le había dejado una verdad imposible de olvidar: la vida no es lineal, ni justa, ni predecible. Es un salto constante, una danza absurda y bella, entre el miedo y la esperanza.

Por eso, aunque a Arfaxad le hubiera encantado que estuviese con ellos en persona, decidió rendirle homenaje también a ella. Su ausencia le dolía, pero al mismo tiempo, le daba sentido a lo que estaba a punto de hacer.

El lugar elegido era perfecto: una galería con techos altos y muros blancos, en el corazón de París. Las luces eran suaves, estratégicas, como respiraciones colocadas entre cuadro y cuadro. Todo estaba preparado: las invitaciones enviadas, los catálogos impresos, la música seleccionada, los vinos elegidos con esmero. En el centro del folleto, con tipografía sobria y elegante, se leía el título:

"HAY RANAS EN EL ESPACIO"
Una exposición en honor a Lea.

Y más abajo, en letra más pequeña pero imposible de ignorar:
Obras de E. L. & A. V.

A muchos les pareció curioso ver dos autores. Los críticos de arte parisinos, intrigados, asumían que se trataba de una colaboración entre artistas contemporáneos. Nadie imaginaba la verdad: que una de esas iniciales pertenecía a una anciana olvidada en un centro de ayuda mental de Monterrey, y la otra, a un hombre que había aprendido a sanar pintando su duelo.

Arfaxad no lo hizo por cortesía ni por sentimentalismo. Lo hizo porque Esmeralda lo había salvado. Ella le había recordado que el arte no nace del gozo, sino del movimiento, del impulso de no rendirse. Que pintar era seguir respirando. Por eso quiso darle su lugar. Quiso que el mundo conociera las pinceladas de esa mujer que, aun entre la niebla de su mente, había creado universos de color.

—Ella también me enseñó a saltar —dijo Arfaxad mientras acomodaba una de sus obras junto a las suyas—. Y sin saberlo, me empujó a hacerlo mejor.

El centro donde Esmeralda había vivido recibió su llamada semanas antes. El director, conmovido por la historia, no solo le dio permiso de llevar sus cuadros, sino que insistió en ayudarlo a transportarlos con cuidado.
—Es lo menos que podemos hacer —le dijo aquel hombre, con voz pausada—. Nadie ha pedido ver esas obras desde que ella murió. Que salgan al mundo. Que la vean, aunque sea por última vez.

Y así fue. Entre las cajas que llegaron a París, había lienzos con trazos impulsivos, colores desbordados, y esa misma energía salvaje que Arfaxad reconoció la primera vez que vio aquel cuadro en el mercadito. Los restauró con paciencia, limpiando las esquinas, reforzando los marcos, sin alterar el alma de la pintura.

Cada una de esas piezas parecía hablarle directamente, como si Esmeralda aún estuviera allí, escondida entre los pigmentos, susurrando: "No dejes de saltar."

Mientras observaba cómo el equipo colocaba las últimas obras, Arfaxad sintió una calma que no recordaba desde hacía mucho. Las paredes blancas, ahora cubiertas de vida, parecían flotar. En cada color estaba Lea. En cada sombra, Esmeralda. En cada trazo, él mismo.
Todo tenía sentido.

Se acercó al centro de la sala, donde el cartel principal colgaba en una tela translúcida.
Leyó el título en voz baja, y por primera vez no le tembló la voz.
—Hay ranas en el espacio... —repitió—. Y por fin entiendo lo que eso significa.

Coleccionistas, críticos, artistas y curiosos de todo el mundo estaban allí.
El aire dentro de la galería era distinto: pesado, contenido, como si cada alma esperara presenciar algo más que una exposición.
Todos sabían que esa noche no era solo un evento cultural, sino una historia cerrando su ciclo frente a los ojos del mundo.

Las luces reflejaban un dorado suave sobre los muros, y entre los murmullos en francés, inglés y español, se escuchaban los acordes tenues de un piano. En medio de esa calma expectante, Arfaxad caminaba despacio, con las manos entrelazadas detrás del cuerpo, observando sus cuadros con una mezcla de gratitud y nostalgia.

Ya no era el mismo hombre que un día huyó de su ciudad con el alma rota.

Ya no buscaba ser admirado, ni comprendido.

Solo quería compartir lo que la vida, con toda su crudeza y belleza, le había enseñado.

Cuando los reporteros se acercaron, las cámaras titilaron como luciérnagas inquietas.

—Arfaxad —preguntó uno de ellos—, el mundo del arte no ha dejado de preguntarse por su desaparición. ¿Dónde estuvo todo este tiempo?

Él sonrió con serenidad, una sonrisa sin arrogancia ni pena, y respondió con voz calmada:

—Solo estaba aprendiendo a entender lo que la vida me estaba entregando.

El silencio que siguió fue respetuoso, casi reverencial.

Nadie volvió a preguntar.

Arturo fue quien dio inicio al evento. Con tono solemne, presentó la exposición y relató, brevemente, el significado de aquel proyecto: una historia de amor, pérdida, redención y arte.

En las primeras filas, Martín y María contenían las lágrimas; Esther los acompañaba, orgullosa, mirando a Arfaxad con ese brillo en los ojos que solo se tiene por quien ha sobrevivido al dolor.

Las obras colgaban como fragmentos de memoria suspendidos en el aire: la mitad firmadas por él, la otra mitad por Esmeralda.

Y aunque ella ya no estaba físicamente, su espíritu se sentía en cada color, en cada trazo tembloroso que hablaba más de vida que de locura.

El piano cesó.
Un haz de luz se enfocó sobre el cuadro central —aquel que había iniciado todo— y el murmullo del público se apagó.
Arfaxad tomó el micrófono. Respiró.
Su voz, cuando habló, era firme, pero cargada de emoción.

—¿Ven ese cuadro al centro del recinto? —dijo señalando la pintura—. Ese cuadro es el origen de todo esto. No solo de esta exposición… sino del hombre que soy hoy.

Guardó silencio un instante.
—Lo encontré hace años en un mercadito de Monterrey, junto a la mujer que amé. Ese día no imaginaba que ese cuadro marcaría el principio y el fin de nuestra historia. Lo colgué en mi departamento, lo miré miles de veces, pero nunca entendí su verdadero mensaje. Veía solo a Lea, a mi refugio. Cuando la perdí, sentí que había perdido también el sentido del arte… el sentido de vivir.

Su mirada se detuvo en el público, que lo observaba en un silencio profundo.
—Años después supe quién lo había pintado —continuó—. Una artista mexicana, extraordinaria, llamada *Esmeralda Lozano*. Una mujer olvidada por el mundo, internada en el Centro Esperanza – Arte y Memoria, un lugar dedicado a enseñar arte a personas con enfermedades mentales. Allí, donde pocos imaginan que existe belleza, ella la encontró. En un rincón de aquel centro, entre la soledad y el silencio, creó esta obra que hoy me sostiene.

El público contuvo la respiración.

Arfaxad siguió, con la voz quebrada, pero clara:

—Así de irónica es la vida. Tan absurda y hermosa a la vez. Yo buscaba amor y encontré dolor. Buscaba felicidad y hallé pérdida. Pero en el fondo del abismo… descubrí algo que no esperaba: eternidad.

Un murmullo suave recorrió la sala.

—La autora de la mitad de estas obras, Esmeralda, ya no está con nosotros —prosiguió—, pero su legado vive aquí. Por eso, quiero decirles algo más: todo lo recaudado esta noche, cada centavo, será donado al Centro Esperanza – Arte y Memoria, para que más personas olvidadas por el mundo puedan pintar, soñar y encontrar su propia luz en medio de la oscuridad.

Una pausa larga. Nadie se movió.

—El arte me enseñó que la vida no necesita tener sentido para ser maravillosa. No intenten entenderla… vívanla. Sueñen aunque duela. Salten aunque teman. Ámense, incluso cuando no los amen de vuelta. Porque cada salto, incluso el más incierto, nos empuja un poco más cerca de lo que somos en verdad.

Su voz bajó, se volvió casi un susurro.

—Nunca dejen de saltar. Porque cuando dejamos de saltar… cuando dejamos de intentar… entonces sí, la vida se apaga. La muerte no es el final. Es solo otro salto. Un salto más, hacia la eternidad.

Alzó la mirada hacia el público. La luz lo bañó por completo.

—Y por eso —dijo con una calma casi sagrada— esta

exposición lleva el nombre que la vida me regaló: "Hay ranas en el espacio."

Por un instante, el silencio fue absoluto.
Luego vino el aplauso.
Primero tímido, después ensordecedor, largo, sincero.
Muchos lloraban. Otros solo sonreían, sin saber por qué.
Arfaxad cerró los ojos. En su mente, Lea reía junto al mirador de la presa de Santiago, el viento enredándole el cabello, mientras ella lo acomodaba detrás de su oreja.

Y entonces entendió.
Todo era parte del mismo movimiento eterno, imperfecto, lleno de caos, pero hermoso… así como es la vida.

En memoria de mi amigo Jorge,
quien pintó en la pared de un cuarto infantil de la Iglesia el sistema solar, y en la otra, ranas saltando.
Al terminar aquella obra, bromeé con él diciendo
que algún día escribiría un libro titulado *"Hay Ranas en el Espacio."*
Hoy cumplo aquella promesa, con gratitud y cariño.